the 리더

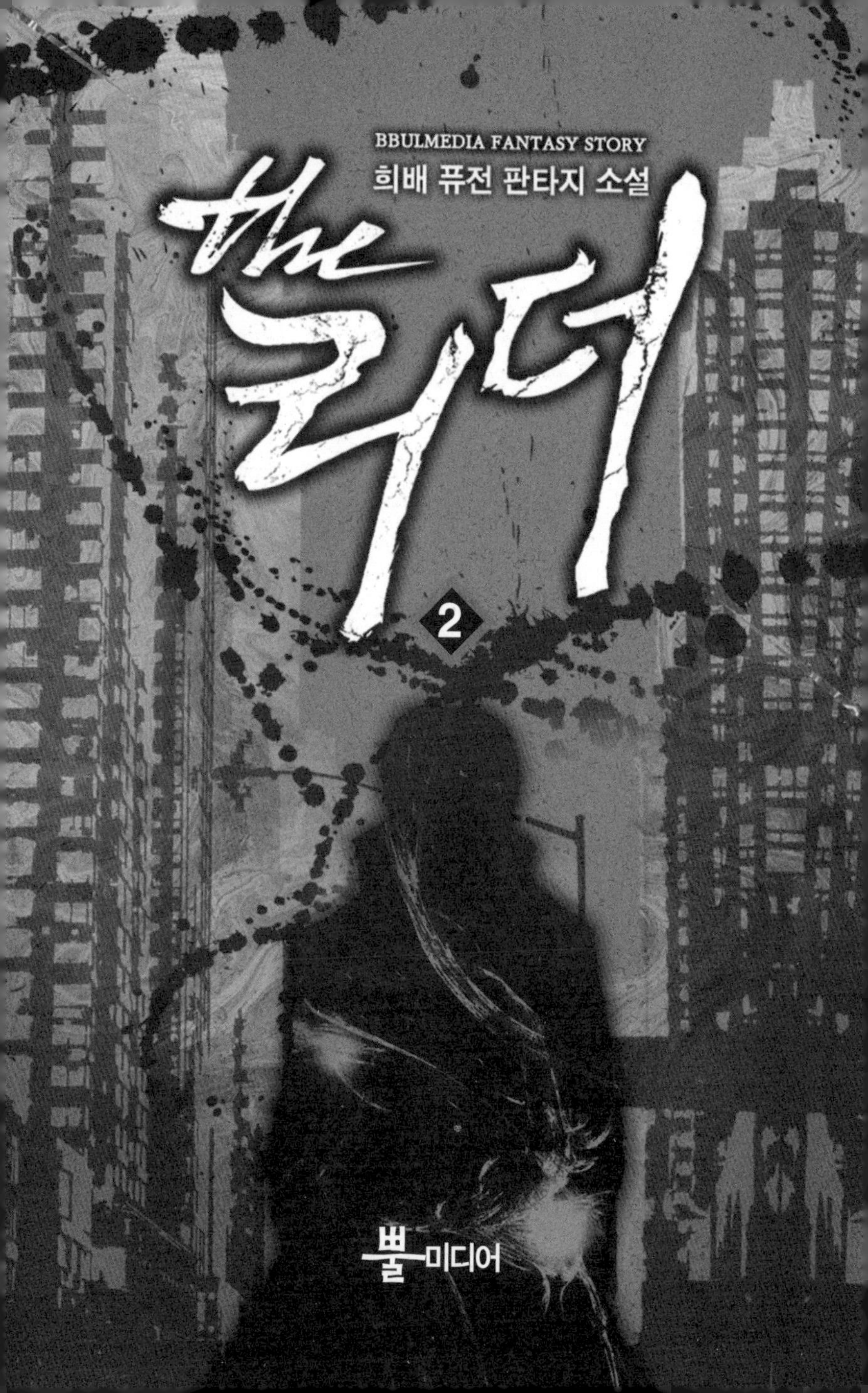
BBULMEDIA FANTASY STORY
희배 퓨전 판타지 소설
2
뿔미디어

CONTENTS

제1장, 감히 내 뒤통수를 치겠다고   7

제2장, 뒤통수에는 뒤통수로   35

제3장, 내 사람 만들기 작전 (1)   73

제4장, 내 사람 만들기 작전 (2)   99

제5장, 주식회사 씨크릿 컴퍼니   125

제6장, 멍청한 놈.

　　　나 최강권이라고 몇 번 말했어?   153

제7장, 나를 가지세요   181

제8장, 베놈들은 천벌이

　　　가까이 왔다는 걸 아느냐?   209

제9장, 약간의 오차. 그 의미가 뭘까?   235

제10장, 이건 기적입니다   259

제11장, 니들에게 천벌을 내려 주겠어   291

제1장
감히 내 뒤통수를 치겠다고

이미 몇 번 벌어졌던 다른 연구원들의 실종 사건 때처럼 장도진 연구원이 아무 일이 없었다는 듯 돌아왔다. 그런데 장도진이 맡은 일이 워낙 민감한 분야이다 보니 국정원에서 장도진을 냉큼 데려가 버렸다.

　그러자 기다렸다는 듯 김미진이 강권에게 이제부터 법무팀이 나설 것이니 편히 쉬고 있으라고 말했다.

　법무 팀을 강조해서 말하는 미진의 말에 강권은 기분이 묘했다. 자격지심인지는 몰라도 미진의 말은 너는 중학교를 중퇴한 무식쟁이니 괜히 나대지 말라는 것처럼 들렸다.

　물론 김미진이 그럴 사람이 아니라는 것을 잘 알고 있었다. 그리고 설령 그녀가 그런 뜻으로 말했다고 해도 결과적으로 볼 때 아무런 일도 하지 않고 미림으로부터 감투만 뒤집어 쓴 꼴이 되었으니 할 말이 없었다.

'제기랄, 사사로운 일에 벼슬아치들을 끼워 넣으면 잘 되던 일도 안 된다니까.'

구차한 변명처럼 들리겠지만 장도진의 행방을 찾으려고 남산에 있는 중국 영사부에까지 들어가려다 자신의 뒤를 쫓는 경찰의 이목 때문에 강권은 망설이고 있는 중이었다.

그러던 중에 대통령을 만났고 또 다른 일단의 사람들이 뒤를 쫓으니 그들이 신경 쓰여 강권의 활동 폭은 더욱 위축이 될 수밖에 없었다.

물론 강권에겐 그들을 따돌릴 수 있는 충분한 능력이 있었다. 그렇지만 자신의 뒤를 쫓는 사람들이 경찰과 청와대에서 보낸 사람들이라는 것을 빤히 알고 있는데 굳이 그들에게 경각심을 주면서까지 그럴 필요는 없을 것 같아 그러지 않았다.

관청에 주의를 끄는 것은 백해무익한 일이라는 것을 강권은 잘 알고 있었기 때문이다. 강권의 경험(?)에 비추어 볼 때 평생 홀로 살 결심을 하지 않았다면 관청에 척을 지어서는 안 된다.

고래로 벼슬아치들은 별의별 핑계를 대서 얽어맨다. 심지어 대역 죄인이라는 오명을 씌워 구족을 멸하려 들지도 모른다.

귀에 걸면 귀걸이 코에 걸면 코걸이라고 말도 되지 않은 핑계로 백성들을 철저하게 억압하는 무리들이 벼슬아치들이라는 것을 얼마나 많이 보아 왔었던가.

관청과 처갓집은 멀수록 좋다는 말이 괜히 나온 게 아니다.

"제기랄."

이렇게 해서 강권은 졸지에 할 일이 없어져 버렸다.

그렇다고 어디 강권이 편히 쉴 수 있는 편안한 팔자인가?

경옥은 차라리 잘됐다는 듯 강권에게 마법을 가르쳐 달라고 안달했다. 때로는 애교로 때로는 협박(?)으로.

마법을 핑계로 둘은 미림에서 마련해 준 양재동 사택에서 거의 동거하다시피 붙어 있었다.

강권은 경옥에게 지금 필요한 것은 마법이 아니라 서클을 만들 수 있게 내공을 쌓는 일임을 알고 있었다. 그래서 마법을 가르쳐 주는 대신 내공심법을 가르치려 했다.

경옥은 오행의 기운 중에 특히 물(水)의 기운이 강했다. 지자는 요수(樂水)라는 말이 있듯 경옥이 머리가 좋은 것도 아마 물의 기운이 강한 것에 영향을 받았을 것이다.

그런데 오행 상에서의 물은 성질이 차갑지만 아래로 흐르려는 특성이 있다. 이 특성으로부터 저장하려는 자윤(滋潤)의 성질이 비롯된다. 자윤(滋潤)이란 윤택하게 하고 번

성하게 만드는 것이다. 이러한 성질의 극단적인 예가 바로 씨앗이다.

경옥에게는 다행스럽게 천살문에는 임자신공(壬子神功)이란 뛰어난 내공심법이 있었다.

그런데 임자신공을 익히려면 한문을 알아야 한다. 물론 강권이 세세하게 가르쳐 주기 때문에 한문의 필요성은 그리 크지 않았다.

하지만 경옥은 혼자의 힘으로 임자신공을 이해하려는 욕심 때문에 골을 싸매고 한문 공부에 열을 올리고 있었다.

사실 한문이라는 것은 신세대들에게는 쥐약이다.

경옥도 자타가 공인할 정도로 머리가 좋지만 하루아침에 한문을 마스터한다는 것이 어디 쉬운 일인가?

물론 머리가 좋으니 한문 공부의 진도가 남보다 훨씬 빨랐지만 경옥이 거기에 만족하지 못하니 쌓이는 것이 스트레스였다.

경옥은 쌓이는 스트레스를 강권에게 별별 트집을 잡으며 풀었다. 자기는 열심히 공부를 하는데 강권이 빈둥거리는 것이 눈꼴셨는지도 몰랐다.

"자기, 태어날 아이를 위해서 적어도 대학은 가야 하지 않을까?"

"대학?"

"으응, 아이가 학교에 가면 가정환경 조사서를 작성해서 내야 하잖아. 그런데 아빠 최종 학력 난에 중학교 중퇴로 적을 거야?"

"그거야, 뭐……."

강권은 이것이 혼자 골머리를 썩지 않겠다는 경옥의 물귀신 작전이라는 것을 모르는 바는 아니었다. 불과 보름 전까지만 해도 까짓 학력이야 별개 아니라고 부르짖던 경옥이었으니까.

그렇다고 대놓고 거부하는 것도 모양새가 좋지 않았다.

'제기랄, 아직 잉태하지도 않는 아이의 아빠 자격 때문에 졸지에 생고생을 해야 하겠네. 그깟 학력이 뭐라고? 실력이 더 중요한 게 아니겠어?'

강권은 내심 투덜거렸지만 경옥은 계속 물고 늘어졌다.

"그거야 뭐라니요? 아빠가 되려면 그만큼 당당한 아빠 자격을 갖춰야지요? 안 그래요?"

'그래, 알았어. 그렇게 할게.' 하고 넘기면 될 것을 강권은 그렇게 하지 않았다. 경옥이 뭣 때문에 이렇게 트집 아닌 트집을 잡고 있는지 빤히 아는 까닭이었다.

그래서 슬며시 어깃장을 놓았다. 물에 물 탄 듯, 술에 술 탄 듯 밍밍한 사랑은 사랑이 아니다. 같은 이치로 사랑에도 포인트가 있어야 더 절절해진다는 것을 아는 까닭이었다.

"하, 이거야. 나 정도면 됐지, 뭘 더 바라? 자랑스러운 아빠 상(像)에 학력이 전부가 아니잖아?"

"그치만 자식에게 남보다 더 나은 아빠가 되면 좋잖아요."

강권 역시 대한민국 사회에서 학력이 얼마나 중요한 것인지 모르진 않았다. 대한민국에서 버젓하게 살아가려면 돈도 있어야겠지만 무엇보다 학연과 지연, 인맥에서 남보다 떨어지지 않아야 한다. 따라서 중학교 중퇴인 학력으로는 대한민국에서 떳떳한 아버지가 되기는 사실상 불가능에 가깝다.

물론 이 떳떳하다는 것은 주관적이기 때문에 일률적인 기준으로 판단할 수는 없다. 그렇지만 최종 학력이 중학교 중퇴라면 어디에서도 제대로 인간 대접받을 수 없는 게 안타까운 현실이었다.

'젠장, 세상이 인간을 인간성으로 보지 않고 돈이나 학력 따위를 가지고 판단의 척도로 삼으니…… 그렇다고 혼자서 살 수는 없는 노릇이니, 그런 세상과 떨어져서 살 수는 없고. 그러니 일등만 기억하는 더러운 세상이란 멘트가 먹혀들지.'

강권은 내심 이리 생각했지만 입에서 나온 말은 그게 아니었다. 어깃장을 놓은 김에 고고씽이었다.

"내가 남보다 못한 것이 무언데? 내가 머리가 나빠?

아니면 싸움을 못해? 자고로 사내들 세계에서는 주먹이 센 게 장땡이라고."

"뭐예요? 정말 그러실 거예요?"

"하하하, 아님 말고. 그렇지만 옥아, 나는 네가 모르는 사실을 알고 있지롱. 말하자면 앞으로 학력이라는 것은 그리 중요하게 여기지 않는 날이 올 거야. 그러니까 이렇다 할 학위가 없어도 대학 교수가 될 수 있고, 대학을 나오지 않고도 당당하게 장관도 할 수 있는 그런 세상이 머잖아 온다는 거야."

"설마요? 그렇더라도 대학을 나오지 않은 것보다 나오는 게 좋잖아요?"

"그거야 그렇겠지. 하지만 앞으로의 세상에서는 지금 사람들이 추구하고 있는 가치가 얼마나 허망한 것인가를 적나라하게 보여 줄 거야. 부와 권력을 갖고 있는 사람들에게는 더 많은 질책과 감시가 따르게 될 것이고 하찮은 일을 하더라도 자신이 하고 있는 일에 충실한 사람들에게 세상은 호평을 할 거야. 말하자면 남에게 과시하기 위해서 감투를 쓰려는 놈들은 뭣 주고 뺨 맞는다는 말처럼 기껏 고생만 하고 욕만 먹게 될 거야."

"서, 설마요?"

경옥은 강권의 말이 이해가 되지 않았다. 그녀가 알기로는 부와 권력은 엄청 구심력이 강해서 기득권자들이 그

들의 기득권을 포기하지 않는 한 기득권자들에게서 기득
권이 없어지지 않을 것이기 때문이었다. 그러니 세상이
뒤집어지는 날이 오지 않은 다음에야 어떻게 그럴 수 있
겠는가?

"그 설마가 사람을 잡는다니까. 왜냐? 세상이 머잖아
뒤집어질 것이거든."

"뭐라고요? 세, 세상이 뒤집어진다고요?"

"그렇지. 머잖아 인과응보가 확실해지고, 훨씬 빨라지
게 될 것이야."

"그게 무슨 말이에요?"

"예전에는 이승에서 잘못을 저지르더라도 그건 후생에
나 반영이 되었잖아. 그런데 머잖아 새롭게 도래할 세상
에서는 이승에서 자기가 지은 죄에 대해서 천벌을 받게
된다는 거지. 벼락 맞아 죽을 놈도 있을 것이고, 돈을 산
더미처럼 쌓아 두고서도 거식증에 걸려 쫄쫄 굶다가 말라
비틀어져서 죽는 놈도 있을 거야."

경옥은 다른 사람도 아닌 강권의 입에서 그런 말이 나
오자 긴가민가하는 와중에도 실제 그렇게 될 것 같다는
생각이 들었다.

강권은 자신의 말에 부연이라도 하려는 듯 예상하고 있
는 미래에 대해서 이야기했다.

"우리나라는 앞으로 10년 이내에 통일이 될 것이고,

20년 전후로 향후 세계를 주도하는 나라가 될 거야. 그리고 30년 전후로 내가 말하는 새로운 세상이 열리게 되어 있어. 그 새로운 세상에서는 자신이 저지른 잘못들은 확실하게 벌을 받게 되지."

"정말 그렇게 될까요?"

"확실해. 그렇게 되지 않으면 내 손에 장을 지져."

강권이 이처럼 장담을 하는 것은 예지능력으로 보았던 미래에서 대한민국이 그렇게 바뀌는 것이 확실했기 때문이다.

10년 이내에 통일이 될 것도 확실했고, 20년 전후로 향후 세계를 주도하는 나라는 대한민국이 될 것 또한 분명했다.

강권이 이를 뒷받침하는 가장 강력한 징조로 보고 있는 것은 전 세계적으로 강력하게 불고 있는 한류 열풍이었다.

강권이 이런 판단을 내린 근거는 이랬다.

세상을 지배하는 것은 사람이다. 그런데 그 사람을 지배하는 것은 바로 기(氣)다. 기가 강한 사람은 사람을 끌어모으고 돈을 끌어 모은다. 이 기는 때론 음덕으로도 나타나는데 조상을 명당자리에 모시면 발복(發福)을 하는 것이 그 전형적인 예다.

따라서 세상을 지배하는 기의 수발(受發)이 달라진다면 세상의 이치 또한 달라질 수밖에 없는 것이다.

재벌가에 태어나서 세상 모든 것이 모두 제 것인 양 생각하는 놈들 상당수가 굶어 죽거나, 벼락 맞아 죽거나, 우울증에 시달려 스스로 목숨을 끊는다. 물론 그렇게 천벌을 받아 죽는 놈들은 부모 잘 만나 물려받은 부로 힘없고 가난한 사람들을 짓밟는 놈들이 될 것이다.

사실 경옥의 말에 어깃장을 놓고 있었지만 강권 또한 대학에 가려는 생각을 하고 있었다.

대학에 가려면 검정고시로 고등학교 졸업 자격을 얻어야 한다. 그래서 말은 굳이 대학을 가지 않아도 된다고 했지만 나름 공부를 하고 있었다.

강권이 비록 중학교를 다니다 말았지만 전생을 읽을 수 있게 되고 환골탈태까지 해서 기억력이 엄청 좋아졌다. 거기다 뛰어난 동체 시력은 타의 추종을 불허하는 엄청 빠른 속독으로 나타났다.

그 결과 검정고시 준비에 크게 어려운 것은 없었다. 오히려 월등한 학습능력 때문에 불과 공부한 지 한 달 만에 고졸 이상의 실력을 갖게 되었다.

강권의 검정고시 준비를 처음부터 함께했던 경옥은 경악을 금치 못했다.

"자기는 정말 천재인 것 같아. 사람이 어떻게 그럴 수 있어? 암기 과목이야 그런다고 쳐. 그런데 수학이나 영어를 한 달 안에 어떻게 그렇게 잘할 수 있어?"

"이깟 공부라는 게 뭐가 그리 어려워? 무조건 딸딸 외우면 되는데."

"뭐요? 딸딸 외우면 된다고요? 그럼 자기는 영어나 수학도 딸딸 외우고 있었던 거예요?"

"으응. 그게 어때서?"

경옥은 너무 당연하다는 듯 말하는 강권의 대답에 기가 차지도 않아 빤히 쳐다보았다. 그러다 문득 강권이 빈둥거리면서 국어대사전, 영한사전 등을 뒤적이고 있던 것이 떠올랐다.

'그럼 그게 사전을 암기하고 있었던 거야?'

내심 이렇게 생각한 경옥은 강권에게 물었다.

"그렇담 영한사전을 외우고 있었던 거예요?"

"으응, 영한사전을 다 외웠더니 영어가 되게 쉬운 것 같던데."

"뭐라고요? 영한사전을 다 외웠다고요?"

"으응, 그 정도야 기본 아니겠어?"

경옥은 강권의 말이 기가 차지도 않았다. 예전에 영한사전을 외우면서 외운 것을 씹어 먹었다는 말이 있기는 했지만 요즘 그렇게 무식하게 공부하는 사람이 어디 있겠는가.

그런데 경옥은 문득 강권이라면 정말 영한사전을 전부 외웠을 수도 있을 것이라는 생각이 들었다.

'그렇다면 혹시······.'

"그럼 수학 정석도 다 외웠어요?"

"맞아. 정석을 다 외우고 문제집에 있는 해법도 다 외웠어. 그랬더니 수학도 대충은 알 것 같더라고."

"세상에······. 그렇게 무식하게 공부하는 사람은 강권 씨가 처음일 거예요."

경옥은 이렇게 말하면서도 강권의 말에 의구심을 갖지 않을 수 없었다.

'도대체 얼마나 기억력이 좋기에 그 짧은 시간에 그 많은 것들을 다 외웠다는 거지?'

사실 한 달이라는 시간은 영어사전과 국어대사전을 외우기에는 너무나 짧은 시간이었다. 경옥은 아무리 생각을 해도 강권의 말이 믿기지 않아 영어사전을 들고 테스트를 해 보았다.

놀라운 것은 경옥이 물으면 강권이 몇 페이지, 몇째 줄까지 술술 말했다는 것이다. 경옥은 경악을 금치 못했다.

IQ 테스트는 어느 정도의 지식 베이스에 기억력과 순발력만 좋다면 엄청 좋은 점수를 받을 수 있는 것이다.

경옥이 비록 IQ가 180이 넘는다지만 강권처럼 기억력도 좋지 않고 빠르게 읽지 못했다. 그것을 달리 표현하면 강권이 그만큼 기억력도 좋고 순발력도 좋다는 의미였다.

'그럼?'

경옥은 강권이 자신보다 IQ가 높을지 모른다는 생각이 들어 IQ 테스트를 해 보고 싶었다. 그래서 간단하게 구할 수 있는 IQ 테스트 문제집을 구해서 강권에게 알리지 않고 풀어 보라고 했다.

결과는 측정불가였다. 물론 인터넷에서 간단하게 구할 수 있는 IQ 테스트 문제집이어서 결과에 전적으로 신뢰할 수는 없었다. 그렇지만 40문제를 불과 2분 안에 전부 맞췄다는 것은 강권의 IQ가 최소한 자기보다 낮지는 않다고 볼 수 있었다.

"와, 세상에……."

경옥은 강권이 보통 사람과는 다른 존재라는 것을 알고 있었지만 이렇게 뛰어날 줄은 몰라 절로 감탄사가 튀어나왔다.

그렇지만 경옥의 놀람은 아직 일렀다. 강권이 경옥의 모교인 S대 K교수가 쓴 1,300페이지가 훨씬 넘는 헌법학 원론을 불과 10분 만에 읽고 전부 암기하는 것에 입이 다물어지지가 않았다.

'생전 보지도 못했을 법학 서적을 어떻게 그렇게 빨리 읽을 수 있지?'

경옥은 아무리 생각해도 강권의 능력이 이해가 되지 않았다.

보통 사람이라면 본 것은 전부 기억할 수 있다고 주장

했었던 사람이 있었다. 그는 자기가 속독법을 창시했다고 주장하는 사람이었다.

속독의 기본은 이해다. 잘 알고 있어야 빨리 읽을 수 있다는 말이다. 그렇지만 강권은 자신이 잘 알지 못하는 분야도 엄청 빠르게 읽고 그것을 기억하기까지 하고 있었다.

'어떻게 그것이 가능하지?'

경옥은 도무지 믿어지지 않았다.

더욱 놀라운 일은 헌법 원론을 읽은 후에 강권이 헌법에 대해서 상당한 실력이 있는 것 같다는 것이었다.

확실한 것은 경옥이 건네준 헌법 원론을 보기 전에는 강권이 법학을 한 번도 접해 보지 않았다는 것이다.

'세상에 처음 접하는 것을 한 번 읽고 다 이해한다는 거야? 그렇다면 강권 씨는 책만 많이 보면 누구보다 박학다식한 사람이 되겠네.'

사랑하는 사람을 최고로 만드는 것은 사랑하고 있는 사람만의 특권이자 의무다.

그때부터 경옥은 대형 서점을 강권과의 데이트 장소로 삼았다. 경옥의 목표는 강권으로 하여금 최대한 많은 책을 읽게 하자는 것이었다. 서점에서 하루 종일 서 있다 보니 다리가 퉁퉁 부었지만 경옥은 자기가 사랑하는 사람이 박학다식해지는 것에 참을 수 있었다.

이것을 잘 알고 있는 강권은 그녀를 사랑하지 않을 수 없었다.

"자기, 오늘부터는 경제학에 대해서 공부하도록 해요."

"경제학?"

"예, 경제학이오. 사회학, 법학, 정치학에 대해서 두루 섭렵을 했으니 이제 경제학에 대해 공부할 차례잖아요."

경옥의 말처럼 강권은 종로에 있는 K문고의 책을 훑고 있었다.

경옥이 읽어야 할 책을 대충 지정을 해 주면 강권은 책을 사는 척 책을 뒤적이면서 매장에 서서 암기하는 방식이었다.

책장만 넘기면 그 내용을 고스란히 기억을 하니 그걸 보고 있는 경옥은 강권이 혹시 판타지에 나오는 드래곤이 아닐까 하는 의구심마저 들었다. 그렇지만 강권이 자신은 드래곤이 절대 아니라고 했으니 믿을 수밖에.

'그렇지만 인간의 몸으로 어떻게 저게 가능하지?'

경옥은 문득 강권이 영화 페노미논의 존 트래볼타처럼 머릿속에 종양이 자라고 있어서 그런 게 아닐까 하는 생각이 뇌리를 스쳤다. 그렇지 않고서야 도무지 강권의 능력에 대해서 설명할 방법이 없지 않은가.

'정말 그런 게 아냐? 그렇다면 당장 MRI라도 찍어 봐야 되는 것 아닐까?'

의심암귀라고 강권이 정말 페노미논의 존 트래볼타처럼 하루아침에 자신의 곁을 떠날 것 같은 생각이 들었다. 강권을 그만큼 사랑하고 있다는 반증이기도 했다. 경옥은 그런 방정맞은 생각을 하면서 강권을 보자 괜히 슬퍼져서 눈물이 핑 돌았다.

그런 경옥을 보고 강권은 강권대로 자신 때문에 전문의의 길을 포기한 경옥이 안쓰러웠다.

"옥아, 자기는 의사 국가고시에 합격도 했는데 나 때문에 인턴, 레지던트 과정을 포기할 거야? 정말 후회하지 않겠어? 그동안 해 왔던 공부가 아깝잖아."

강권은 경옥이 왜 인턴 과정을 포기하면서 자신과 시간을 함께 보내고 있음을 잘 알고 있었다. 자신을 내조하겠다고 스스로의 길을 포기하고 있는 게 아닌가 하는 생각이 들었던 것이다.

강권이 엄청 진지하게 말하자 경옥은 강권이 사랑이 느껴지는 것 같아 가슴이 뭉클해졌다. 그러자 방금 전까지 가졌던 방정맞은 생각을 씻어 버리기라도 하겠다는 듯 호들갑스럽게 말했다.

"호호, 공부한 게 어디 가나요? 의사 자격증도 땄고요. 그러니 전문의는 되지 못하더라도 저는 버젓한 의사라고요. 그리고 의학 공부를 포기한 건 절대 아니에요. 오히려 저는 한의대에 편입해서 양의학과 한의학을 동시에 공부하려고요."

"뭐? 그럼 자기는 계속 대학만 다닐 거야?"

"돈이 없어 대학을 다닐 수 없는 사람들에겐 미안한데 양의학과 한의학을 동시에 공부하는 게 의술에 대해서 더 잘 알 수 있는 방법이라고 생각해요. 임자신공을 익히면서 느낀 건데 한의학이 인체의 신비에 더 근접한 게 아닌가 하는 생각도 들었고요."

"아! 그래서 그쪽에 가 있었던 거야?"

"예, 자기가 책을 읽는 동안에 저도 나름 공부하려고요. 그런데 자기한테 한 가지 물어봐도 돼요?"

"우리 아가씨, 뭘? 물어보고 싶은 것이 있다면 서슴지 말고 물어—보시—와요."

순간 경옥은 자신이 너무 심각한 어조로 말했다는 것을 느낄 수 있었다. 그렇지 않고서야 강권이 이처럼 어설프게 자신을 웃기려 하지 않았을 것이기 때문이다.

경옥은 가슴이 뭉클해서 애정이 듬뿍 담긴 시선으로 강권의 얼굴을 한참 뚫어지게 바라보다 정색을 하며 입을 열었다.

"자기, 자기는 그렇게 코미디언을 흉내 내거나 그러지 마요. 자기 분위기와는 너무 어울리지 않아 확 깨니까요."

"옥, 내가 그리 어설펐어?"

"예, 자기는 귀공자 타입이어서 품위를 지키는 게 더

어울려요."

'내가 귀공자 타입?'

강권은 경옥의 말에 격세지감을 느꼈다. 귀공자라는 말은 불과 1년여 전만 해도 땅꼬마였던 강권에게는 어울리지 않은 말이었다. 그런데 185cm가 넘고 환골탈태를 거친 지금은 귀공자라는 말이 딱 어울렸다.

칭찬은 고래도 춤추게 한다는 말이 있다. 그 말은 강권에게도 적용이 되는 말이었다. 경옥에게 귀공자 타입이라는 말을 듣는 순간 강권은 괜히 가슴이 벅차올랐다.

'이렇게 가슴이 벅차오르는 건 내가 경옥이를 정말로 사랑하고 있기 때문일까?'

전생을 돌이켜보아도 사랑은 항상 마음을 설레게 한다. 사랑에는 형언할 수 없는 묘한 구석이 있어서 나이와 처지를 잊게 만든다. 말하자면 항상 감정을 싱그럽게 만드는 것이 사랑이었다.

사랑의 감정이 수많은 전생을 기억해 내고 천하를 우습게 여길 수 있는 경륜을 가진 강권을 파릇파릇한 청춘으로 되돌려 놓고 있었던 것이다.

강권은 눈을 지그시 감고서 가슴에 와 닿는 사랑을 음미했다. 이런 강권의 감정을 알지 못하는 경옥은 자신의 방정맞은 생각이 맞아 들어가지 않나 하는 불길함을 느껴 급히 물었다.

"자기 혹시 아픈 곳이 있어요? 아프지 않다고 하더라도 갑자기 어지럽다거나 구역질이 나거나 그러지는 않아요?"

"아니. 갑자기 왜 그런 질문을 하지?"

"그냥요. 그냥 페노미논이라는 영화가 문득 생각이 나서요."

"페노미논?"

페노미논은 강권도 케이블 TV에서 본 적이 있는 존 트래볼타가 주연으로 나오는 영화였다.

그 영화에서 주인공은 벼락을 맞고 하루아침에 평범한 사람에서 자연과 교감을 하고 전혀 배우지 않은 외국어를 단 20분 만에 습득을 하는 등 엄청난 능력을 가진 사람이 된다.

그런데 결말은 주인공이 뇌종양이 생겨 죽는다는 것이었다.

'그러니까 경옥이는 지금 내가 뇌종양 때문에 이런 능력을 가진 것이라고 생각하고 있는 거야?'

이런 생각이 들자 강권은 갑자기 웃음이 나왔다.

"하하하, 그러니까 내가 뇌종양이라는 거야?"

"칫, 누가 그렇다는 거예요?"

"그렇지 않음 왜 갑자기 어지럽지 않느냐, 구역질이 나지 않느냐? 그렇게 묻는 건데?"

경옥은 강권의 물음에 대답을 하지 못하고 얼굴만 붉어

졌다.

강권은 그런 경옥이 너무나 사랑스러웠다.

"하하, 조금도 걱정하지 마. 나는 뇌종양 때문에 그런
게 아니고 환골탈태를 해서 그런 거니까."

"환골탈태요? 자기 정말 환골탈태를 했다는 거예요?"

"하하, 그렇다니까."

강권의 대답에 경옥의 얼굴이 밝아졌다.

남녀가 붙어있다 보면 더 멀어질 수도 더 가까워질 수
도 있는데, 경옥은 강권과 자신은 후자라는 확신이 들었
다. 그리고 강권은 강권이 자신의 운명이라는 생각까지
들었다.

그런데 호사다마라고 이 두 청춘들의 어설픈(?) 사랑놀
음은 그리 오래가지 못했다. 훼방꾼이 나타나 사랑놀음을
방해했기 때문이다.

"최 이사님, 여기 계셨군요. 한참 찾았습니다."

훼방꾼은 뜻밖에도 고경탁 경위였다. 강권은 뇌리에 스
쳐 가는 것이 있었지만 시치미를 떼고 물었다.

"고경탁 경위님, 어쩐 일로 저를 찾으셨습니까?"

고경탁 경위는 조심스럽게 주위를 둘러보며 나직하게
말했다.

"청장님께서 조용히 뵙자고 하십니다."

"청장님께서요?"

강권의 물음에 고 경탁 경위는 아무 대답도 하지 않고 한 장의 메모를 건네주고는 꾸벅 인사를 하고 사라졌다.

고경탁 경위가 이상한 행동을 보이며 사라지자 강권은 자신이 제안했던 산업스파이를 전담하는 조폭 조직을 만드는 것에 뭔가 문제가 생겼다는 것을 직감했다.

'대통령이 뭔가 수작을 부린다는 건가? 파워 게임을 하는 것도 아니고 이게 도대체 뭐하는 짓거리들인가?'

그렇지 않고서야 경찰청장이 이렇게 은밀하게 강권을 보자고 할 이유가 없었다. 대통령과 경찰청장의 파워 게임이란 말이 전혀 말도 되지 않는 것 같지만 이무영 대통령의 임기가 1년도 채 남지 않은 상황에서는 꼭 그렇지만은 않았다.

이무영이 대통령에 오르고 임기의 반도 채우지 못하고 지병이 생겨 레임덕 현상이 다른 대통령보다 훨씬 심화되어 있는 상태였기 때문이다.

강권은 고경탁이 건네준 쪽지를 보자 쪽지에는 남한산성 내에 있는 닭죽집이 적혀 있었다. 경찰 쪽의 인사들과의 만남이 계속 음식점과 관련이 있다는 것은 흥미로운 대목이었다.

'관살(官殺)은 나를 극하는 것인데 관살의 대표적 존재인 경찰의 수뇌부들과 만나는 곳이 계속 음식점이라니……'

강권이 흥미롭게 생각하는 것은 먹을거리는 명리학(命

理學)에서 관살을 제어하는 식신(食神)이라는 것이다. 이치적으로 따지면 나를 해칠 수 있는 관살을 억제하는 곳과 관련이 있는 곳에서 그들을 만난다는 것은 나에게 해롭지 않다는 것과 같다.

강권은 드라이브도 할 겸해서 경옥과 남한산성에 닭죽을 먹으러 가는 것도 나쁘지 않겠다는 생각이 들었다.

"옥아! 우리 남한산성으로 닭죽을 먹으러 갈까?"

"닭죽이요?"

"남한산성 닭죽 유명하잖아? 잘하는 곳을 알고 있거든."

"그래요. 저도 닭죽 좋아하거든요."

강권이 자신의 애마인 황금색 모데라토를 몰고 닭죽집에 도착한 것은 저녁을 먹기에는 조금 이른 시간이었다.

강권이 도착하자 서빙을 보는 아가씨가 방으로 안내를 했다.

방에는 강희복 경찰청장과 이경복 외사국장이 먼저 와서 기다리고 있었다. 그들은 근무시간임에도 사복 차림이었다. 누군가의 이목을 피하겠다는 의도일 것이다.

"어서 오시오. 최 이사, 약혼녀분이 아주 미인이시군요."

"경찰청장님께서 먼저 와서 기다리고 계실 줄은 몰랐습니다."

"하하, 아쉬운 사람이 우물을 파야 하는 법이지요. 내가 최 이사에게 부탁할 것이 있으니 먼저 와서 기다리는 것은 당연한 일이지요."

"청장님께 부탁하실 것을 먼저 여쭤 봐도 되겠습니까?"

"하하, 그야……."

강희복 경찰청장은 노경옥 쪽을 흘끔 보며 말을 흐렸다. 노경옥이가 들으면 곤란하다는 의미리라.

그걸 모르는 것은 아니었지만 강권은 경옥을 이 자리에서 나가게 하고 싶지는 않았다. 강희복 경찰청장이 경옥이 듣지 않은 곳에서 말하고 싶다는 것은 그만큼 곤란한 말을 한다는 것이었고, 강권은 괜히 곤란한 일에 휘말리고 싶지 않았던 것이다.

그래서 강권은 단호하게 말했다.

"청장님, 이 사람과 저는 이미 운명의 공동체입니다. 이 사람이 들을 수 없는 말이라면 저도 듣고 싶지 않습니다."

강희복 경찰청장은 강권의 단호한 태도에 잠시 망설이다 품속에서 만년필을 꺼내는 것이었다. 그런데 경찰청장이 만년필을 꺼내자 이경복 외사국장은 기다렸다는 듯 문을 열고 밖으로 나갔다.

이경복 외사국장이 밖으로 나간 이유는 이내 밝혀졌다.

강희복 경찰청장이 꺼낸 것은 뜻밖에도 만년필 모양의

녹음기였고 그 내용을 누가 들으면 곤란했던 것이다.

강희복 경찰청장이 녹음기를 틀자 귀에 익은 음성이 들렸다.

—윤 실장, 그러니까 경찰보다는 군 쪽을 택하자고?

—예, 그렇습니다. 대통령님. 아무래도 그 젊은 친구의 말대로 깡패들로 그런 조직을 만든다면 서원명 차기 대선 주자의 성향을 보건데 인권 문제를 들먹이며 물고 늘어질 게 뻔합니다. 그러니 강희복 경찰청장보다는 조호명 특전 사령관을 택하는 게 좋을 것 같습니다. 조 사령관이 대통령님께 더 충성스럽기 때문입니다. 게다가 조 사령관은 대통령님의 고향 후배 아닙니까?

—흐음…….

이무영 대통령은 윤 실장이라는 사람의 말에 침음을 터트리며 한참 동안 숙고한 후에 말을 이었다.

—그렇게 하도록.

—예, 대통령님.

강권은 그럴 수 있는 게 아니냐는 표정으로 강희복 경찰청장을 바라보았다. 강희복 경찰청장은 강권의 표정을 주의 깊게 보더니 나지막하게 상황을 설명하는 것이었다.

"최 이사, 녹음기에서 말하는 윤 실장은 대통령 비서실의 윤기영 국정상황실장이라네. 녹음기의 내용상으로 보면 크게 문제가 없을 것으로 보이네만, 여기에는 커다란 음모가 내포되어 있다네. 자, 이 문건을 보게나."

강희복 경찰청장이 내민 문건에는 인권을 절대적으로 여겼던 민주투사 시절의 이무영 대통령으로서는 전혀 상상할 수 없는 내용들이 적혀 있었다.

강권이 제안한 산업스파이들을 상대하기 위해서 조폭으로 만들어질 조직을 이무영 대통령의 사 조직화한다는 게 골자였다.

강권은 문건을 보는 둥 마는 둥 하고는 눈살을 찌푸리면서 문건을 경옥에게 넘겼다.

그것을 본 강희복 경찰청장의 인상이 구겨졌다.

'중학교 중퇴에 일자무식이라더니 그런가 보군. 아무래도 내가 저런 무식한 친구와 함께 일을 하려고 했다는 것은 실수를 하고 있는 게 아닐까?'

강희복이 이런 생각을 하고 있는 것에는 다 그만한 이유가 있었다. 왜냐하면 그가 강권에게 건넨 문건은 B5 사이즈, 20여 장에 깨알만큼 작은 글씨가 빽빽이 들어차 있으니 다 보려면 아무리 빨리 보더라도 10여 분은 걸려야 정상이었다.

그런데 강권이 장수만 헤아리고 경옥에게 문건을 넘겨주었으니 어떻게 그걸 읽었다고 볼 수 있겠는가?

강희복 경찰청장을 더 암울하게 하는 것은 경옥 역시 대충 훑어보면서 장수만 넘기고 있는 것 같다는 것이었다.

'국정원 놈들의 눈을 속이고 어렵게 낸 자린데 상황이 이러니…… 휴우.'

강희복 경찰청장은 오늘 회동은 득보다 실이 많을 것 같다는 생각이 들자 고개를 절레절레 젓고는 이 경복을 들어오게 했다. 닭죽만 먹고 가겠다는 의지를 나름 표출한 것이다.

제2장
뒤통수에는 뒤통수로

"경찰청장님, 단도직입적으로 묻겠어요. 이 문건을 작성한 사람들이 도대체 어디 소속인가요?"

이렇게 묻는 경옥의 어조는 차갑기 그지없었다.

문건의 내용 중에는 강권과 자신의 신상에 대한 사찰도 있었고, 그게 아니더라도 민주주의에서는 도저히 용인되지 못할 내용이 다수 섞여 있었기 때문이다.

"큼큼, 그야 청와대에서 지시를 받아 국정원 사람들이 작성한 게 아니겠소?"

"그래요? 그러면 청장님께서는 이걸 어떻게 손에 넣을 수 있었지요?"

강희복 경찰청장은 거듭되는 경옥의 추궁의 성질을 띤

질문에 얼굴이 구겨졌다. 어디 경찰청장이라는 자리가 그리 호락호락한 자리인가? 그런데 어찌 경찰청장인 자기에게 딸 같은 어린애가 추궁을 한단 말인가? 강희복 경찰청장은 끓어오르는 분노를 가까스로 참으며 대답을 했다.

"청와대 비서실에 있는 야당 성향의 직원이 문건을 유출시켜서 손에 넣을 수 있었소."

경옥은 경찰청장의 대답이 그럴듯하다는 생각이 들었는지 더 이상 묻지 않고 강권의 얼굴을 쳐다보았다. 경옥의 눈에는 분노가 섞여 있었다.

물론 그녀의 분노는 강권에 대한 것은 아니었고 믿음을 저버린 이무영 대통령에 대한 것이었다.

경옥이 법대에 다닐 때 인권 변호사인 이무영이 서울대 특강을 왔었고, 경옥은 이무영의 사상과 인품에 매료되었다. 그래서 경옥은 지난번 대선에서 이무영 후원회를 결성해서 조직적으로 후원까지 했었다.

이무영이 초반 열세를 뒤집고 막판 뒤집기로 대통령에 당선될 수 있었던 것도 따지고 보면 이 후원회의 역할이 엄청 컸다.

그런데 문건에는 그런 이무영과는 너무나 상반되는 내용이 담겨 있었다. 문건에서는 국가의 미래를 위해서 국가를 좀먹는 깡패들을 조금 희생시켜서라도 국익을 해치는 산업스파이들을 일소하자고 되어 있었다.

이것은 깡패도 국민이고, 따라서 그 인권은 존중되어야 한다는 4년 전 대선주자 이무영이라면 도저히 생각할 수 없는 일이었고, 생각해서도 안 되는 일이었다.

인권은 절대적인 것이다. 따라서 자발적인 동의 없이는 아무리 국익을 위한다고 해도 국민의 인권을 해쳐서는 안 된다.

그런데 이무영의 인권 관념은 개인의 인권이 조금 희생이 되더라도 국가 전체를 위한 희생이라면 그 조금의 희생은 감수해야 한다는 쪽으로 바뀌어 있었다. 그것이 야인(野人) 이무영과 대통령 이무영의 차이였고 그 점이 한때 법학을 공부했던 경옥으로 하여금 분노를 하게 만들었던 것이다.

경옥의 권유 아닌 권유로 법학과 사회학을 두루 섭렵한 이후에 강권은 봉건적이던 사고방식이 상당히 깨어 있는 상태였다. 그래서 강권은 경옥의 분노가 어떤 것이라는 것을 잘 알고 있었고 그 또한 나름 공감하고 있었다.

시쳇말로 대통령의 사람들은 민주주의와는 거리가 먼 사람들이었다. 하지만 강권이 그들에게 분노하는 것은 또 다른 이유가 있었다. 그것은 군주제니 민주주의니 하는 정치제도와는 전혀 상관없는 면에서였다.

'내가 만든 조직을 대통령의 퇴임 선물로 준비한다고? 감히 천하의 최강권이의 밥그릇에 수저를 얹겠다는 것이지? 미쳤어? 내가 내 밥을 빼앗기고도 아무소리도 못하는 병신 쪼다야? 그리고 말이 나왔으니 말이지 대통령이 무슨 임금이라도 되냐? 저도 나도 다 같은 대한민국 국민일 뿐이라고.'

약간 봉건적인 사고방식을 갖는 강권의 생각에도 그들의 행각이 가관이라고 여길 정도로 도무지 말도 되지 않았다.

강권을 이용해서 전국 조폭들을 하나로 통일시켜 그 조직을 이 무영 대통령에 바치겠다는 야무진 생각을 갖고 있었던 것이다.

'젠장, 민주주의 수호에 앞장서야 할 자들이 전제주의 자들과 똑같은 생각을 갖고 있다니 권력이 그렇게도 좋나?'

이렇듯 그들의 생각은 위험하기 짝이 없었다.

강권이 예정하고 있는 조직은 개개인이 열 명의 무도 경관을 상대할 수 있는 100여 명으로 이루어진 조직이었다. 거기에 전국의 조폭들이 하부 조직으로 자리를 잡는다면 상상할 수 없는 어마어마한 조직이 아닐 수 없다.

그런 조직을 수중에 넣는다면 이무영 대통령은 퇴임 후에도 밤의 대통령이 되어 영향력을 행사할 수 있을 것이다.

'재주는 곰이 넘고 돈은 왕 서방이 챙긴다는 말처럼 나는 곰처럼 재주만 부리라는 말이지? 웃겼어. 몰랐다면 모르지만 내가 안 이상 그렇게는 못하지. 나 바보 아니거든.'

강권의 생각은 자기가 힘들여서 만든 조직을 누구에게 줄 생각은 조금도 없었다.

이런 내막을 알게 된 강권은 그들에게 한마디 해 주고 싶었다.

"꿈 깨시지."

뜬금없는 강권의 혼잣말에 강희복의 안색은 확 달라졌다.

'혹시 이 녀석이 벌써 대통령의 사람들에 들어갔나? 그렇다면…….'

그렇다면 이 회동은 십중팔구 자신의 무덤을 파는 자리가 될 가능성이 컸다.

'분명 이 녀석에게 접근해 온 사람들은 없었는데…….'

강희복 역시 강권을 예의 주시하고 있었고 이 문건을 입수하고 일주일간은 사찰의 강도를 몇 배 높였다. 그 결과 청와대 쪽에서 강권에 대해 사찰만 하고 있지 접근을 하지 않는다는 확신을 가질 수 있었다. 그러고 나서 이 자리를 마련한 것이었다.

그런데 이미 대통령의 사람들에 속해 있다니…….

강희복은 이걸로 자신의 공직 생활이 끝이라는 생각에

안색이 달라졌던 것이다.

강희복의 표정을 읽은 강권은 그의 내심이 어떻다는 것을 잘 알고 있었다. 강권의 입장에서 보면 이무영 대통령이나 강희복 경찰청장이나 다 그놈이 그놈이었다.

국민을 위해 봉사해야 할 놈들이 제 잇속 차리자고 탈법적으로 자신과 경옥을 사찰이나 하는 놈들이었다.

'웃기고 자빠졌네. 내가 호구야?'

강희복 경찰청장이 흠칫하는 것을 보고 강권은 이런 자신의 속내를 시치미를 딱 떼며 말했다.

"하하, 강 청장님, 오해하시지 마십시오. 제가 방금 한 말은 이른바 대통령의 사람들이 나를 엄청 우습게 보는 것 같아 너무 화가 나서 그런 것입니다. 제가 미쳤다고 내 허락도 받지 않고 멋대로 나와 내 사람을 사찰한 그들에게 협조할 것 같습니까? 그리고 말이 나왔으니 말이지 지금이 어느 땐데 이무영 국왕 만들기 같은, 말도 되지 않은 일을 한다는 것입니까?"

"그, 그럼……."

"그렇습니다. 문건을 전부 읽었습니다. 강 청장님도 나름 보고를 받으셨겠지만 제가 좀 빨리 읽는 편입니다. 그걸 미리 본 것은 절대 아닙니다."

강희복 경찰청장이 긴가민가하자 경옥이 옆에서 거들었다.

"맞아요. 경찰청장님, 우리 강권 씨는 엄청 빨리 읽습니다. 또한 저도 이걸 보고 분노를 하고 있으니 강권 씨의 분노는 더할 것입니다. 자신의 사리사욕을 위해서 국민의 인권을 아무렇지도 않게 생각하는 발상은, 정말이지 국민의 한 사람으로 분노하지 않을 수 없군요."

경옥의 말에 강희복은 한편으로 안도의 한숨을 내쉬면서도 또 한편으로는 뜨끔하지 않을 수 없었다.

자신도 강권과 강권의 주위 사람들에 대해서 사찰을 했으니 엄밀히 따지면 강권과 주위 사람들의 인권을 유린했다고 할 수 있었기 때문이다.

강희복은 슬쩍 강권의 눈치를 살폈지만 강권이 자신을 탓하는 것 같지는 않아 안도했다. 하지만 조금만 침착했더라면 강권이 그걸 알면서도 내색하지 않았다는 것을 알았을 것이다. 그런데 사람들은 자기가 바라는 대로 생각한다고 강희복은 사실을 전혀 눈치채지 못했다.

강권은 시치미를 뚝 떼고 강희복 경찰청장에게 문건에서 보았던 윤기영 대통령 비서실의 국정상황실장과 조호명 특전사령관에 대한 자료를 요청했다.

"최 이사, 윤기영과 조호명의 자료를?"

"예, 청장님. 대통령 비서실에 기안한 [천군 재림] 작전의 주동 인물이니 알아둘 필요가 있을 것 같아서요."

"알겠네. 고 경위를 통해서 보내 주도록 하겠네. 그런데 청와대에서 요청을 하면 최 이사는 어떻게 하려는가?"

"가 봐야지요.. 그렇지만 그들의 농간에 휘말려 들 생각은 조금도 없습니다. 청장님께서는 조금도 걱정하지 마십시오."

강권은 자신의 뒤통수를 치려는 자들의 뒤통수를 칠 생각이었다. 거기에는 강희복 경찰청장까지 포함되어 있었다.

그렇다고 그들에게 원한을 살 생각은 추호도 없었다. 자기 손에 피를 묻혀 가며 그들을 해칠 게 아니라 적당히 싸움을 붙여놓고 슬쩍 발을 빼면 죽을 놈은 죽고 살아남을 놈은 남겠지 하는 생각이 들었다.

그리고 자기네들끼리 박 터지게 싸우다 보면 임기가 끝나니 안 보고 살면 그걸로 끝 아니겠는가?

'실감나게 싸우게 하려면 쌍방에 대해서 제대로 알아야겠지?'

강권은 이런 내심을 감추고 강희복 경찰청장에게 말했다.

"그리고 참 부탁드릴 일이 또 하나 있는데, 경찰청에서 보관하고 있는 조폭들에 대한 자료도 고 경위 편에 보내 주셨으면 합니다. 제가 조폭들을 우선 살펴보고 거둬들여야 할 사람과 내쳐야 할 사람을 가려야 할 것 같아서요."

"알겠네. 고 경위 편에 함께 보내 주도록 하겠네."

"고맙습니다. 청장님."

경찰청장과 헤어지고 돌아오다 문득 딴 생각이 들었다.

'한 번 욕심을 부려 봐?'

정부가 깔아 놓은 베이스를 토대로 만들어질 엄청난 조직을 대통령과 경찰청장이 서로 손에 넣으려고 하는데 자기가 가지면 어떻겠는가 하는 생각이었다.

'그래, 내가 조직을 손아귀에 넣고 난 다음에야 설령 그들이 나에게 원한을 가진들 그땐 이미 임기를 마치고 야인이 되어 있을 것이니, 그들이 두려울 게 무에 있겠어? 좋다. 하자.'

강권은 이렇게 대통령 비서실에서 기안하고 특전사가 주축이 되어서 시행할 [천군 재림] 작전에 입맛을 다시게 되었다.

강권이 조만간 청와대 쪽에서 사람이 올 것 같다는 생각을 하고 있었는데 과연 이무영 대통령으로부터 보자는 연락이 왔다.

강희복 경찰청장을 만난 지 딱 열흘 후였다.

청와대에서 보낸 사람들을 따라간 곳은 강희복 경찰청장과 함께 만났던 곳이 아닌 또 다른 안가였다. 이것으로 청와대에서 강희복을 배제하고 있다는 것은 확실해졌다.

그곳에는 이무영 대통령 외에 윤기영과 조호명으로 추측되는 사람들이 배석하고 있었다.

'그런데 또 한 사람은 누구지?'

강권은 문건에는 언급이 전혀 없는 인물이 한 사람 더 있는 것이 신경에 거슬렸다. 게다가 관상(觀相)을 보니 지(智)와 용(勇)을 겸비한 전형적인 무장(武將)이었다.

"하하하, 어서 오게. 내 자네 덕에 요즘 몸이 아주 거뜬하다네."

"하하, 대통령님. 제가 한 게 뭐 있다고 제 덕이라니요. 그런데 이분들은……."

"아! 인사하지. 이쪽은 청와대에서 나를 도와주고 있는 윤기영 이사관이고, 저쪽은 특전사령관인 조호명 중장일세. 그리고 조 장군 뒤에 있는 사람은 조 장군 휘하의 제 3공수여단의 여단장을 맡고 있는 최창하 장군일세."

"아! 그러시군요. 처음 뵙겠습니다. 최강권이라고 합니다."

대통령에게 소개받은 윤기영은 자못 흥미롭다는 뉘앙스를 풍기며 인사를 했고, 조호명은 강권을 시답지 않다는 듯 받아들이고 있었다.

그런데 문제의 인물 최창하 장군은 전혀 자신의 속내를 표시하지 않고 두 사람의 딱 중간 정도의 강권이 판단하기 어중간한 태도로 인사를 했다.

서로 인사를 끝내자 이무영 대통령은 [천군 재림] 작전에 대해 언급했다. 이무영 대통령이 하는 말들은 강희복 경찰청장으로부터 입수한 문건의 내용과 큰 차이가 없었다.

그래서 강권은 이무영 대통령의 말에 건성으로 대꾸를 하며 윤기영과 조호명의 됨됨이를 파악하는데 주력했다.

우선 대통령 비서실의 국정상황실장이라는 윤기영은 전형적인 모사(謀士)로 보였다. 그가 [천군 재림] 작전을 기안했다는 말이 괜히 나오지는 않은 것 같았다.

강권의 흥미를 끄는 인물은 모사인 윤기영 보다는 오히려 용장에 가깝게 보이는 조호명이었다. 과연 대통령이 신뢰할 만한 인물이었다.

강권은 일단 문제의 인물 최창하 장군의 됨됨이 파악은 보류했다. 그렇다고 최창하 장군이 별 볼 일 없는 인간이라는 것은 결코 아니었다. 다만 그가 윗사람을 딛고 서려는 이른바 반골이 아니어서 조호명에 반하는 행동을 하지 않을 것이란 판단이 섰기 때문이었다.

'조호명 특전사령관이라고 했지? 과연 당신들이 그렇게 신뢰하는 그 조호명이 당장 죽게 생겼어도 그에게 조직을 맡길 수 있을까?'

조호명 특전사령관을 보자 한눈에 그가 의리의 돌쇠 타

입이라는 걸 알 수 있었다. 게다가 얼핏 보긴 했지만 그의 손바닥이 사각형이고 *막쥔 손금을 갖고 있기까지 했다.

이런 인물들은 한 번 꽂히면 뒤도 돌아보지 않고 맹목적으로 앞으로만 달려가는 전형적인 무데뽀였다. 다행스런 점은 이무영 대통령에게 아직 필이 꽂힌 것 같지는 않다는 것이었다.

'고마워요, 대통령님. 이 사람은 내가 차지해서 잘 쓸게요.'

강권은 내심 조호명 장군을 내 사람으로 만들 궁리를 했다.

'흐음, 그러면 되겠다. 내가 생명의 은인이 되어 줄 테니까 당신은 당분간 간암 말기 환자가 되어 주어야겠어.'

물론 조호명 특전사령관이 정말로 간암 말기는 아니었다. 간암은커녕 오히려 특전사령관을 할 자격이 충분하다고 할 정도로 엄청 건강했다. 그렇게 보여지도록 강권이 수작을 부리겠다는 의미였다.

강권은 침투경을 사용해서 조호명의 간에 무진신공의 기를 투입시켰다. 무진신공은 어떻게 사용하느냐에 따라서 전자파를 투과시키기도 하고, 반사시키기도 한다.

'하하하, CT든 MRI든 찍어 보라고. 결과가 어떻게 나오나? 실상 몸에 아무런 이상이 없지만 각종 수치로는 몸에 커다란 이상이 있는 것처럼 보이겠지. 쿡쿡쿡, 졸지

에 내가 간암 말기 판정을 받은 사람을 치료하는 기적을 일으키는 명의가 되겠군.'

강권은 대통령을 치료하면서 이미 자신의 능력을 선보였다. 그래서 설령 조호명의 몸에 이상이 있음을 알리고 치료해 주겠다고 나서더라도 아무도 의심하지 않을 것이다.

강권은 조호명 장군의 몸에 수작을 부려 놓고는 시치미를 뚝 떼며 모른 척했다.

12·12 사태 때 최세창 3공수여단장이 정병주 특전사령관을 공격한 사건이 있었다. 이를 계기로 신군부는 오로지 특전사령관의 명령만을 듣는 직속 부대를 창설하려고 했다.

그러던 중 81년도에 88서울올림픽의 개최가 확정됨에 따라 대테러부대를 육성할 필요를 느끼게 되었다.

이 두 가지 필요성이 맞물려서 탄생하게 된 특전사령관 직속의 대테러부대가 바로 707특임대대였다.

이처럼 최고위층의 의지가 반영되어서 만들어진 707특임대대는 대한민국 최고의 정예요원이 차출되었고, 최신의 장비가 지급되었다. 여기에 잘 짜진 훈련 커리큘럼에 다른 부대보다 훨씬 강도 높은 훈련이 더해졌다.

따라서 707특임대대는 대한민국 최고의 정예부대라고 봐도 좋았다.

이 707특임대대의 중사 손석철은 조호명 특전사령관 명의의 작전 명령서를 한 통 받았다. 특전사령관이 부사관인 일개 중사에게 직접 작전 명령을 내리는 경우는 엄청 특이한 경우였다.

그런데 작전 명령서를 읽어 보니 기가 차지도 않았다.

완전군장으로, 일몰 후에 출발해서 일출 전에 25사단 72연대 앞에 집결하란다.

자세히 보지 않으면 72연대로 집결할 게 뻔하다.

'72연대도 아니고 부대 앞이라니, 이따위 명령서가 어디 있어?'

손석철이 알기로는 25사단 72연대는 **GOP 지원부대였다.

'도대체 왜 거기로 가라는 거지? 거기에 완전군장까지 하고?'

거여동에서 72연대가 있는 연천군 법원읍까지는 대략 60~70km 남짓이다. 그 정도 거리라면 10여 년 이상 특수 훈련을 받아 온 손석철에게는 쉬엄쉬엄 걸어가더라도 12시간 내에 가는 데는 전혀 문제가 없었다.

문제는 작전 명령서에 그 사유가 전혀 명시되어 있지

않았다는 것이다. 혼자든 부대 단위든, 일단 군 병력을 움직이게 하는 모든 작전 명령서에는 일정한 목표가 명시되어 있어야 한다.

그런데 도착지만 있고 목표가 없다는 것, 도착지가 GOP 지원부대라는 것은 비정상적인 작전임에 틀림없었다.

게다가 707특임대대 전체가 가는 것도 아니고 달랑 자기 혼자라는 것도 손석철의 마음을 무겁게 하는 요인이었다.

"제기랄. 혼자 72연대, 아니지 72연대 앞으로 가라니. 젠장맞을, 도대체 영감에게 뭣에 찍혔기에 이런 말도 되지 않는 명령을 받아야 하지?"

손석철이 말하는 ***영감(슈監)이란 물론 특전사 사령관이다.

"휴우, 군대란 것이 까라면 까야 하니 시키는 대로 할 수밖에."

손석철은 되도 않은 명령에 배알이 꼴렸지만 쓰리스타인 특전사령관의 명을 거역할 수는 없는 노릇이었다.

손석철은 연신 구시렁거리며 완전군장을 꾸려서 연병장에 대기를 하고 있는데 아는 얼굴들이 하나둘 모이고 있었다.

특히 김정호라는 녀석은 자기처럼 특수부대에만 10여

년 이상 근무한 베테랑 특수부대원이었다. 손석철은 한때 자신의 부하였던 그가 반가워 아는 체를 했다.

"야! 김정호, 너도야? 너는 뭐에 찍혔기에 야간 행군이냐?"

"씨팔, 이거 당나라 군대도 아니고 중사가 상사에게 반말 짓거리를 할 수 있어?"

"뭐야? 조까고. 그러니까 나한테 지금 계급 대접을 받겠다는 거야? 이 개자식아, 내가 중사였을 때 너는 훈련병이었어. 인마."

"그래서 어떡하라고? 그때는 그때고 지금 계급이 높은건 엄연히 나라고. 어디서 중사가 상사에게 반말 짓거리야?"

손석철은 어이가 없다는 듯 김정호를 노려보더니 다짜고짜 펀치를 날렸다. 김정호는 한때 손석철과 707특임대대에서 같이 근무하면서 손석철의 행동 양태를 잘 알고 있었기 때문에 이렇게 대거리를 하면서도 나름 대비하고 있었다. 그러니 손석철의 기습 펀치를 허용치 않았다.

그리고 김정호 역시 707특임대대에서 근무하다가 UDT로 간만큼 정예라면 정예여서 기습 펀치에 당할 정도로 약하지 않았다.

김정호는 기습 펀치를 피하고 손석철에게 조롱 섞인 핀

잔을 주었다.

"조까고, 예나 지금이나 비겁하게 기습 공격하는 것은 여전하구먼. 네 녀석이 하는 게 다 그렇지."

"씨파, 이 개자식아. 계급장 떼고 한 판 붙자."

"웃기고 자빠졌네. 이 씹새야, 나도 그러고 싶은데 나는 너처럼 당나라 군대가 아니고 철저하게 상명하복을 준수하는 FM이라 명령이 우선이거든."

"뭐야? 이 자식이, 정말 해 보자는 거야?"

"됐거든. 이 씹새야, 일단 붙더라도 명령지에 가서 붙자고."

"뭐시라?"

손석철의 다음 행동은 뜻밖의 인물이 나타나며 중지되었다.

"어이! 오랜만이군. 그런데 제 버릇 개 못 준다고, 자네들은 나이를 먹을 만큼 먹었는데도 여전하구먼."

손석철은 막 발작을 하려다 자신에게 말을 붙인 사람의 얼굴을 확인하는 순간 뜨악한 표정을 지으며 급히 인사를 했다.

"강 원사님, 아, 안녕하십니까?"

"강 원사님, 안녕하십니까?"

"그래, 덕분에. 짐작이야 하고 왔네만, 실제로 자네들의 얼굴들을 대하니 더 반갑구먼."

"그럼 원사님도."

"그래, 그렇게 됐네."

이렇게 대답하며 천진난만하게 웃는 사람은 최고의 꼴통이랄 수 있는 손석철로서도 양보할 수밖에 없는 인물이었다.

손석철이 707특임대대에 차출되어 재훈련을 받을 때 훈련 교관이었기도 하려니와 강석천의 무술의 경지가 자기보다 훨씬 높았기 때문이다.

'이 양반, 군에서 제대하고 술집을 차렸다고 들었는데…….'

훈련 동기들에게 직접 가 봤다고 들었던 얘기여서 전혀 근거가 없는 얘기는 아니었다.

'그렇다면 영감의 명령은 북파 공작과…….'

손석철은 최근에 벌어졌던 북한의 도발이나 GOP 지원 부대로 가라는 것도 그렇고 자신에게 내려진 명령은 북파 공작이라는 확신을 가졌다.

손석철이 이렇게 확신하는 또 하나의 이유는 강석천이라는 사람이 북파 공작에 있어서 전설적인 인물이었기 때문이다.

그리고 이렇게 모인 인물들의 면면은 민관군에서 대한민국에서 최고 정예들이자 최고의 꼴통들이라고 할 수 있었다.

손석철은 무술 교관으로서 UDT나, 해병 특수수색대원은 물론이고 HID 북파부대의 후신이랄 수 있는 국군 정보사 특작 부대에도 가곤 했었다. 그래서 연병장에 모인 10여 명들의 면면을 익히 알고 있었다.

그런데 한 가지 이해가 되지 않는 것이 있었다.

'저 양반은 지금 50살이 다 되었을 텐데, 설마 북파를 감행하려나?'

그렇지만 이내 그럴 수도 있다는 생각이 들었다.

훈련을 마치고 707특임대대에 자대배치를 받은 손석철은 강석천이 자기 중대장과 고등학교 동창이라는 것을 알게 되었다.

당시 중대장과 강석천 상사의 대화를 우연히 듣게 되었는데 강석천이 북파 요원이라는 것이었다.

그때 들은 얘기로는 강석천이 처음 북파되었던 것은 버마 아웅산 사건이 있은 후 몇 개월 뒤인 84년 초라고 했다.

그리고 중대장 최창하 대위가 육사 41기였으니 대략 80학번 내지 81학번일 것이다. 그걸로 보면 강석천이 북파되었던 때의 나이가 23살이었다는 것도 타당했다.

손석철은 강석천을 남다르게 눈여겨보면서 알게 된 사실은 그 후로도 최소한 10여 차례 이상 북파되었다는 것이다.

북한이 도발을 하면 응징 차원에서 북파되었고, 그 때마다 몇 개월씩 사라졌다 다시 나타나곤 했다.

손석철이 그런 사실을 알 수 있었던 것은 당시 중대장이었던 최창하 준장과의 인연이 그 후로도 지속되었기 때문이다.

최창하의 꿈은 대한민국 육군 대장이 되는 것이었다. 그래서 서울대 법대에 들어갈 수 있는 실력을 갖고 있었는데도 육사에 들어갔다. 그리고는 줄곧 육사 41기의 선두 주자에 속해 왔다.

그렇지만 아무런 배경도 없는 최창하가 준장이 되었다는 것은 기적이나 마찬가지였다. 장성이 된다는 것은 정치적 배경이 없으면 불가능하다는 것은 누구나 알고 있는 상식이었다.

육사 41기에서 스타가 된 동기생은 그를 비롯해서 단 7명에 불과하였다. 대령에서 장성이 되면 30여 가지가 달라진다는 신문 기사도 있지만 그것보다는 스스로의 힘으로 스타가 되었다는 것에 자부심이 더 컸다.

그런데 그의 꿈에 위기가 찾아 왔다. 그것은 대통령 비서실에서 행하는 극비 작전의 일원이 되라는 참모총장의 권유 아닌 권유였다.

대통령 비서실과 관련된다는 것은 얼핏 생각하면 장래가 탄탄대로가 될 거라고 생각하기 쉬울 것이다. 하지만 대통령의 임기가 끝나게 되면 그 즉시 끈 떨어진 매가 되기 십상이다.

또한 자신이 새로 속하게 될 조직이 말이 대통령 직속 기관이지, 비공식적인 기관인 까닭에 전혀 흔적이 없었다.

그 말은 과(過)는 있을지언정 공(功)은 없다는 소리였다. 다시 말해서 더 이상의 진급은 기대하지 말아야 한다는 말이나 다름이 없었다.

그걸 아는 까닭에 최창하는 선뜻 결정하기가 망설여졌다. 최창하 준장이 망설이자 정성렬 참모총장의 말이 이어졌다.

"이런 얘기는 하지 않으려고 했지만 자네가 장성이 될 수 있었던 것은 대통령님의 의지였네. 자네도 알다시피 육사를 나오면 대령까지는 자신의 능력으로 가능하다지만 장성부터는 정치적 계급이라네. 장성 진급 심사에서 누락되었던 자네를 구제한 분이 바로 대통령님이란 말일세. 어떻게 하겠는가?"

최창하 준장은 더 이상의 선택의 여지가 없다는 것을 느끼고 결국 수락할 수밖에 없었다.

최창하 준장이 수락하자 대통령을 만나는 자리에서 눈앞의 청년을 만나게 되었다.

'최강권, 나이가 스물세 살이라 했던가?'

스물세 살이면 자신의 큰아이보다 불과 한 살이 위였
다.

그런 어린 녀석이어서 그런지 나름 호기가 방장한 것
같았다.

최창하가 경주 최씨 사성공파 33대손이라고 하자 자기
는 경주 최씨 사성공파 29대 손이라고 했다.

고조 할아버지뻘이라는 것이다. 왠지 꿀리는 기분이 들
었다.

'대통령님이 전적으로 신뢰를 한다니 뭔가 있기는 하겠
지.'

공과 사를 분명히 하는 최창하 장군은 내심 이런 생각
을 하자 꿀꿀한 기분을 털어 버릴 수 있었다. 그리고 일주
일 뒤에 특전사령관과 함께 녀석을 다시 만나게 되었다.
정확하게 말하자면 특전사령관 집무실에서였다.

최창하 장군이 특전사령관 집무실에 도착했을 때 그곳
에는 이미 대통령 비서실의 윤기영 국정상황실장, 조호명
특전사령관 외에 녀석이 끼어 있었다.

윤기영 국장을 수행하는 비서진들은 특전사령관 집무실
옆에 딸린 비서실에 대기하고 있었다.

그러니까 특전사령관 집무실에 있는 사람들은 최하가
원 스타이고 나이도 40대 후반 50대 초중반의 인물들이
라는 말이었다.

상황이 이러니 어지간한 담력을 가진 자라면 자리를 보전하기에 급급하련만 녀석은 도무지 거리낌이 없었다.

특전사령관의 비서실장인 명정혜 소령이 커피를 타 오자 녀석은 냉큼 커피 잔을 들고 창가로 가는 것이었다.

'언감생심, 감히 저 따위 수작을 부리다니……'

최창하 준장은 눈살을 찌푸리며 녀석을 노려보았다.

녀석은 자신도 함부로 행동할 수 없는 엄청난 인물들이 있는 곳에서 허락도 받지 않고 제멋대로 행동하고 있었다.

최창하 준장이 상관인 특전사령관의 눈치를 보자 눈썹이 움찔거리고 있었다. 무척 화가 나 있다는 말이었다.

'우리 영감님의 성질을 건드리다가 혼쭐이 날 텐데……'

조호명 특전사령관은 복창 소리가 적다고 사열대에서 내려와서 원 스타인 1공수여단장의 조인트를 깐 전례가 있을 정도로 다혈질이었다.

물론 최창하 준장이 버릇없음에 눈살을 찌푸릴 정도로 강권이 막돼먹지는 않았다. 그렇다고 그런 것을 모를 정도로 무지렁이도 아니었다. 강권이 이처럼 멋대로 행동을 하는 것에는 나름 이유가 있었다.

그것은 물론 [천군 재림]의 최고 책임자로 내정된 조호명 특전사령관을 내 사람으로 만들기 위한 작전의 일환이었다.

강권은 이런 속셈으로 나중에 변명거리를 만들기 위해 일부러 조호명 장군이 노여움을 갖도록 상황을 만들고 있는 것이다.

강권의 이런 내심을 알 리 없는 두 명의 장성들은 그의 행동이 무척 못마땅하게 생각했다.

그렇지만 현 정권의 최고 실세 중의 한 명이 배석하고 있는 터라 함부로 발작은 하지 못하고 헛기침만 했다.

"큼, 큼."

"으음……."

'어떻게 이런 녀석에게 국가의 대사를 맡긴단 말인가?'

그들이 생각하기에 참여하게 될 작전명 [천군 재림] 은 향후 대한민국의 미래에 엄청 큰 반향을 일으킬 수 있는 엄청난 것이었다. 고도로 훈련된 스파이들을 색출해서 처단하고 역으로 스파이가 되어서 다른 나라의 국정을 뒤흔드는 일은 정규군 1개 군단도 할 수 없는 일이다.

그렇게 중요한 국가의 중대사에 이 철딱서니 없는 젊은 녀석이 주동인물이라는 것에 두 장성들은 이해가 가지 않아 고개만 흔들 뿐이었다.

이를 본 윤기영 국정상황실장이 특전사령관에게 눈짓으로 양해를 구했다. 그리고는 어색해진 상황을 타개하려는 생각으로 강권의 옆으로 가며 물었다.

"최 군, 여기서 저 사람들이 보이나? 나는 눈이 나빠서 그런지 전혀 모르겠네."

"아! 윤 실장님. 예, 다들 마음에 드는군요."

"아! 그런가? 그럼 다행이고."

윤기영 실장이 이렇게 대수롭지 않게 말했지만 이곳의 주인들이나 다름없는 두 장성들의 생각은 달랐다.

'여기서 연병장은 300m가 넘는데 모인 사람들의 면면이 보인다고?'

최강권의 대답에 조호명 특전사령관과 최창하 3공수여단장이 설마 하는 마음에 강권의 곁으로 다가왔다.

조호명 장군은 혹시나 하는 마음으로 연병장에 모인 사람들을 보았다. 하지만 300m가 넘는 거리에서 사람의 얼굴이 보일 리 없었다.

'뭐, 이런 자식이 다 있지? 우리 특전사가 이런 녀석의 농간에 놀아나야 한다는 거야 뭐야?'

대통령의 특명을 받아 특수한 조직을 만드는 것이야 영광이었다. 그렇지만 이제 갓 23살인 어린 녀석이 최소 십 년 이상 특수부대에서 훈련을 받아 온 베테랑 특전 용사들을 훈련시키겠다니, 어디 가당키나 한다는 말인가?

대통령의 명령이 아니라면 당장 거절했을 일이었다. 더

구나 23살이라면 자기 막내아들보다 어린 녀석이 아니던 가?

한 번 밉보이기 시작하면 별게 다 신경이 쓰이는 것이 사람의 공통된 심리다. 조호명 장군은 최강권이라는 녀석이 하나부터 열까지 도무지 마음에 들지 않았다. 괜히 주는 것 없이 미웠다.

그렇게 밉상인 녀석이 어른들을 상대로 뻥을 치고 있다는 생각이 들자 조호명 특전사령관은 내심 속이 뒤집어졌다.

'부하들에게 이 자식 손 좀 봐 주라고 해야겠어.'

내심 이렇게 마음먹고 있었는데 다음 순간 녀석이 종알거리는 소리에 조호명 장군은 자기의 귀를 의심해야 했다.

"손석철 중사와 김정호 상사가 한 판 붙으려는 것을 민간인이 나서서 말리고 있군요. 그런데 손석철 중사의 성깔도 그렇지만 김정호 상사도 대단한 인물인 것 같군요. 하지만 그들을 뜯어말리는 민간인에 비하면 조족지혈이로군요. 저 민간인은 살기를 갈무리하고 있으니 보통 사람은 아니겠어요."

이렇듯 강권이 아무렇게나 지껄이는 소리는 마치 현장에서 직접 보면서 상황을 중개라도 하는 것 같았다.

'이름이야 작전 기안에 나와 있으니 알 수 있다고 하더

라도 어떻게 그들이 다투고 있다는 것을 알 수 있지?'

강권은 아무렇게나 말하고는 이번에는 경악하고 있는 조호명 장군을 얼굴을 빤히 보면서 물었다.

그런 강권의 얼굴은 의구심이 가득 담겨 있었다.

"사령관님께 한 가지 여쭙겠습니다."

"말해 보게나."

"사령관님, 대통령님께서 사령관님을 무척이나 신뢰하고 계시는 것 같던데 사령관님께선 과연 대통령님의 믿음에 부응하실 수 있다고 생각하십니까?"

강권의 말은 듣기에 따라서는 칭찬으로도 조롱으로도 해석할 수 있는 묘한 것이었다.

대통령이 신임을 할 정도로 뛰어난 사람이라는 칭찬으로 해석할 수도 있고, 너 그런 대통령의 신임에 실망시켜 드리지 않을 자신이 있냐는 뜻으로도 해석할 수 있는 것이다.

조호명 장군은 후자로 받아들이고 대번에 분노로 얼굴색이 달라졌다.

"자네, 그게 무슨 말인가? 내가 자네 눈에 그렇게 미덥지 않게 보일 정도로, 그 정도로 무능하게 보이더란 말인가?"

이렇게 되묻는 조호명 장군의 어조는 금방 찬바람이 쌩쌩 불기라도 할 것처럼 싸늘한 것이었다. 거기에 더해 여

차하면 한 대 후려치기라도 하겠다는 듯 극도로 흥분하고 있었다.

그런데 강권은 조호명 장군의 분노는 전혀 아랑곳하지 않고 차분하고 사무적인 어투로 말했다.

"하하, 그렇게 흥분할 일이 아니지요. 사람은 40이 넘으면 자기 얼굴에 책임을 지라는 말이 있지 않습니까. 자기가 처한 현실에 스스로 책임을 질 수 있어야 한다는 말이지요. 제가 사령관님께 여쭙고 싶은 것이 바로 그 부분입니다."

"뭐시라? 내가 무책임한 인물이라고? 만약 자네가 내가 무책임하다는 증거를 제시하지 못한다면 가만두지 않겠네."

"하하, 알겠습니다. 사실 저도 남의 인생에 끼어들어 이러쿵저러쿵 말씀을 드리는 것은 나에게 좋은 게 아니라서 하지 않으려고 했습니다만…… 휴우, 사령관님과 이렇게 만난 것도 인연이라는 생각이 들어서 말씀드리는 것입니다."

강권은 이렇게 말하고 나서 약간 뜸을 들인 후에 말을 이었다.

이런 부분에서 뜸을 들이는 것은 듣는 사람들의 집중력도 높이고 자신의 공도 극대화시키려는 노련한 화법이었다.

23살짜리 청년이 그런 노련한 화법을 구사한다는 것 자체가 의외가 아닐 수 없었다.

　"제가 알기로 사령관님의 연세는 이제 겨우 쉰둘입니다. 그런데 본인의 부주의로 여생이 불과 몇 개월밖에 남지 않았다면, 그것이 자기 얼굴에 책임을 지는 행동을 했다고 볼 수 있겠습니까?"

　"뭐시라? 내가 불과 몇 개월밖에 살지 못한다고? 자네는 지금 그 말에 책임을 질 수 있나?"

　조호명 장군이 불 같이 화를 내는데도 강권은 여전히 태연한 얼굴로 느물거리며 말했다.

　"하하하, 객관적인 안목에서 본 것을 말씀드린 것이니 책임을 못 질 이유가 전혀 없지요."

　"객관적이라고? 그래, 객관적으로 따져 보자. 도대체 누가 이토록 건강한 내가 몇 개월밖에 살지 못한다고 보겠는가?"

　"하하하, 사령관님. 말이야 나왔으니 말인데, 건장(健壯)하다는 것과 건강(健康)하다는 것을 동일시해서는 안 됩니다. 또한 남이 그렇게 본다고 해서 반드시 객관적이라고는 볼 수 없는 것입니다. 제가 증거를 보여 드리지요. 사령관님, 일단 손 좀 내밀어 보시겠습니까?"

　조호명 장군은 강권의 대수롭지 않게 말하는 태도에 약이 올라 후려치기라도 하듯 불쑥 손을 내밀었다.

그러자 강권은 책상 위에 놓인 볼펜을 들어 조호명 장군의 손등 한 부분을 가볍게 눌렀다.

팔다리가 잘려도 눈 하나 깜짝하지 않을 정도로 인내력을 갖고 있는 조호명 장군이었지만 부지불식간의 통증에는 속수무책으로 비명을 토해 냈다.

옆에서 보면 가볍게 누르는 것처럼 보였지만 사실은 강권이 암암리에 내력으로 통점을 자극한 결과이기도 했다.

"아악!"

조호명 장군이 마치 돼지 멱을 따는 듯 비명을 지르자 비서실에 있던 비서실장 명정혜 소령이 깜짝 놀라서 문을 박차면서 들어왔다. 명 소령은 비상사태라고 생각했는지 그녀의 손에는 권총이 들려 있었다.

강권은 느닷없이 문을 박차고 들어온 명정혜 소령은 본 척도 하지 않고 자기 말만 이어 나갔다.

"사령관님, 제가 가볍게 누르는 것에도 그토록, 엄청 아프셨다면…… 아마 오른쪽 복부 상단도 부어 있을 것입니다. 그렇지요?"

"그, 그러하네."

"하하, 그게 막말로 간땡이가 부었다는 의미입니다. 제가 눌렀던 곳은 간에 해당하는 부위이고요."

"그렇다면?"

"맞습니다. 간암 말기입니다. 원래 간암이란 것은 아무

증상이 없는 게 특징이라면 특징이지요. 아무리 자기 몸이라 하더라도 국록을 먹는 공무원으로서 간이 그 지경이 될 정도로 혹사를 시킨 것은 명백하게 무책임한 행동이라고 생각지 않으십니까? 아니면 자신의 건강을 너무 맹신하는 부주의의 극치이던가요. 그 어느 것에 해당이 되더라도 스스로 부끄럽게 생각해야 할 부분이 아닐 수 없겠지요. 그리고 이것이 사령관님께서 그토록 보고 싶어 하신 무책임에 대한 증거이기도 하고요."

강권은 자신이 증거를 보여 준다고 말해 놓고 교묘하게 조호명이 보고 싶어서 증거를 보여 주는 것이라고 뒤집어 씌웠다.

그리고 이 말은 여과 없이 다른 사람들의 입을 통해서 대통령에게 보고가 될 것이다. 이후에 강권이 나서 조호명을 치료해 준다는 것을 핑계로 자기 영향력 아래 둔다면 조호명은 강권의 손바닥 안에서 움직이는 손오공이나 다름없을 것이었다.

더 나아가 약간의 공작이 더해진다면 새롭게 만들어질 조직은 조호명을 통해서 강권의 영향력 아래 놓이게 될 것이다.

"……."

조호명 장군은 강권의 청천벽력 같은 단언(斷言)에도 불구하고 아무런 대꾸를 할 수 없었다.

또한 의심암귀라고 강권의 말을 듣고 보니 요즘 몸이 너무 피곤하고 술이 받지 않았던 것처럼 느껴졌던 것도 같았다. 어쩌면 자신이 몇 개월밖에 살 수 없다는 강권의 말이 맞을지도 모른다는 생각이 들었다.

'내가 시한부 인생이라고?'

스스로 죽음에 초연했다고 생각을 했지만 막상 시한부 인생이라는 말을 듣자 마음이 엄청 동요되었다. 항상 조국에 몸을 바쳤다는 생각을 하고 있었지만 전장에서 장렬하게 죽는 것이 아니라 병으로 죽는다는 현실에 가슴이 아픈 것이다.

조호명 장군은 한참 마음을 안정시키고 나서 차분한 어조로 강권에게 묻는다.

"으음, 자네 그 말에 책임을 질 수 있는가?"

"하하, 제가 아무리 막돼먹었기로서니 설마 사람의 목숨을 관한 말을 허투루 하겠습니까? 그리고 제가 사령관님께 그 말씀을 드렸던 이유는 사령관님의 병을 치료할 수 있는 길이 있기 때문이기도 합니다."

"저, 정말인가? 간암 말기인데도 치료할 수 있다고?"

"그렇습니다. 문제는 사령관님께서 병을 치료하시려면 아무래도…… 전역을 하셔야 할 것 같다는 것입니다. 물론 전역을 하시지 않고도 치료할 수 있는 방법이 전혀 없는 것은 아니지만 그것은 좀……."

물론 강권은 조호명 장군이 전역하는 것을 바라지 않았다.

그런데 전역 운운한 것은 조호명에게 짐을 지우기 위함이었다. 말하자면 자기 사람으로 만드는 포석인 셈이다.

일단 군문에 들어 장교가 되면 대장이 되는 게 모든 장교들의 공통된 희망 사항이다. 전역을 할 상황에서 전역을 하지 않게 해 주는 것은 사람에 따라서는 구명지은보다 더 감복하게 만들 수도 있었다. 강권의 판단에는 조호명이 바로 그런 사람이었다.

말꼬리를 흐리는 것도 만사에 딱 부러져야 하는 전형적인 군인 조호명으로 하여금 더욱 헷갈리게 하는 수법이었다.

조호명 사령관은 강권을 만난 10여 분이 마치 귀신에 홀린 것 같은 기분이 들었다.

자기 막내보다 어린 녀석이 자기 집무실로 들어왔을 때 이 어린 녀석이 뭐하러 오나 하는 의구심이 들었다.

그러다 이내 너무 버릇이 없음에 울화가 치밀어 올라 당장 싸대기라도 후려치고 싶었다. 그런데 그건 기분도 잠시 이번에는 가슴이 철렁 내려앉을 것 같은 경악을 맞보고 있는 것이다.

'간암 말기라면서 고칠 수 있다고? 가만, 병을 치료하려면 전역을 해야 한다고? 그럼 정말로 치료할 수 있다는

건가?'

조호명 장군이 이런 생각을 하고 있는데 이 새파랗게 어린 귀신은 자신의 내심을 읽고 있기라도 하는 것처럼 고개를 끄덕이고 있었다.

"그럼?"

"그렇습니다. 세상에 고치지 못할 병은 전혀 없습니다. 오로지 고칠 수 없는 상황만이 존재할 따름이지요."

"고칠 수 없는 상황만 존재한다고?"

"예. 고대 우리나라의 선인(仙人)들은 인체를 우주와 동일시했습니다. 선인들께서 인체를 소우주에 비기신 것은 그 때문이지요. 그리고 그 우주는 끊임없이 진화를 하고 있는 존재라고 생각했습니다. 그분들의 생각에 따르면 애초에 죽음이란 것은 존재하지 않지요. 물론 그렇게 되기 위해서는 엄청난 수련을 쌓아야 하니 범인들로서야 그런 관점에서 생각할 수는 없을 것입니다. 다만 그분들의 생각 중에서 범인들로서도 받아들일 수 있는 것은 인간은 그 자체로 완벽한 존재라는 것입니다."

조호명 장군이나 다른 사람들도 강권의 하는 말이 어떻다는 걸 확실히 알지 못했지만 왠지 그럴듯하다는 생각이 들었다.

강권은 그들의 생각을 읽고 마침내 마침표를 찍었다.

"조호명 사령관님께선 증거를 좋아하시니까 내일 당장

에 종합검진을 받으시도록 하십시오. 아니지요. 분당에 있는 국군통합병원이라면 오늘이라도 당장에 MRI나 CT를 찍어 볼 수 있겠지요. 빨리 서두르십시오."

조호명 장군의 병세(?)는 즉시 대통령에게 보고되었다. 그리고 대통령 비서실을 통해서 서울아산병원에서 MRI와 CT를 찍었다. 그 결과는 당연하게 간암 말기 판정을 받았다.

강권이 침투경을 사용해서 조호명 장군의 간 기능을 떨어뜨려 AST(SGOT), ALT(SGPT), 빌리루빈의 수치가 상한선을 넘었으니 당연한 결과였다.

간암에 관해서 우리나라 최고의 권위자인 최종수 박사도 조호명 장군의 여러 가지 검사 자료를 꼼꼼하게 훑어보고 자신 없어 하자 결국 강권에게 매달릴 수밖에 없었다.

강권은 전제 조건을 달아 치료를 하겠다고 했다.

"제가 장군님을 치료하려는 것은 장군님의 운명이 아직은 돌아가실 때가 아니라는 것을 알기 때문입니다. 하지만 제가 장군님을 치료한다는 것을 절대 비밀로 하셔야 합니다. 이 사실이 밝혀지게 되면 또 다른 사람들이 치료를 부탁해 올 것이기 때문입니다. 여러분께선 '까짓 거고쳐 주면 되지 뭐가 그리 어려워.' 이렇게 쉽게 생각하실지도 모릅니다. 그렇지만 운명을 거스른다는 것은 실로

간단한 일이 아닙니다. 죽을 사람이 죽지 않게 되면 작게
는 다른 사람이 죽을 수도 있고, 크게는 세상의 역사가 달
라질 수도 있기 때문입니다. 그 정도로 여파가 엄청 크다
는 것을 인지하시고 비밀로 해 주신다면 장군님의 병을
치료해 드리지요."

*막쥔 손금:지능선과 감정선이 하나로 합해져서 손바닥을 좌우 일
직선으로 가로지르는 손금으로 일자 손금이라고도 한다. 일을 철저하
게 하는 성질이 있어 목표가 크면 클수록 크게 될 확률이 크다고 한
다. 반면에 실패할 확률도 그만큼 크다. 막쥔 손금의 장점은 실패를
크게 염두에 두지 않는다는 것이다. 현대 그룹을 만든 정주영 회장이
전형적인 막쥔 손금이라고 한다.

**GOP(General OutPost):주력 부대를 방호하기 위하여 운
용되는 부대로 우리나라의 경우에 남방한계선을 지키는 부대라고 보
면 된다. 이는 남방한계선과 군사분계선 사이, 이른바 비무장지대 안
에 위치한 초소인 GP(Guard Post)와 구분해야 한다.

***영감(令監):영감에는 여러 가지 뜻이 있지만 여기서는 급수가
높은 공무원이나 지체가 높은 사람을 높여 부르는 의미로 쓰였다.

제3장
내 사람 만들기 작전(1)

원래 부대들은 외진 곳에 있기 때문에 새벽녘에는 인적이 전혀 없는 것이 정상이다.

그런데 먼동이 터 오려면 아직 한참 있어야 할 꼭두새벽에 25사단 72연대에 세 대의 택시가 꼬리를 물고 들어섰다.

그 택시들은 72연대 정문에다 열 명의 사내들을 토해내고는 온 길로 쏜살같이 되돌아갔다.

'허억! 저들이 왜? 우리 부대 앞에 내리지?'

택시에서 내린 자들은 부대 앞에서 비틀거리며 고래고래 군가를 부르고 있었다. 그나마 다행인 것은 부대에 들어올 생각이 없는지 올라올 기미가 없이, 저 아래쪽에서

만 있다는 것이었다.

그러나 그것도 잠시, 30여 분간 고래고래 군가를 부르던 자들이 부대로 들어오려는 듯 비틀비틀 걸어 올라오고 있었다.

그 광경을 본 배힘찬 이병은 간이 쪼그라들었다.

열 명.

멀리 있을 때는 확실하지 않았으나 가까이 다가오자 그들의 차림을 육안으로 확인할 수 있었다. 그들은 특수부대원임을 과시하기라도 하듯 갖가지 색깔의 베레모를 쓰고 있었다.

그뿐만 아니라 사내들은 다들 완전군장을 꾸리고 있었다.

'저, 저 인간들이 왜 오는 거지?'

배힘찬은 섬뜩한 생각이 들어 얼른 위병조장을 깨웠다.

"뭐야?"

"성 병장님, 크, 큰일 났습니다. 간첩단인 것 같습니다."

"간첩단? 이 색휘, 너 잠잤냐? 지금이 어느 땐데 개 풀 뜯어먹다 하품하는 소리를 하고 있어?"

성기수 병장은 단잠을 깬 쫄따구에게 화가 나 호통을 쳤다. 성기수의 호통에 배힘찬은 잔뜩 주눅이 들어 연신 고참의 눈치만 살폈다.

"야! 몇 시나 됐어?"

"예, 3시 50분입니다."

"알았어. 내가 알아서 처리할 테니까 너무 걱정하지
마."

"예, 감사합니다."

성기수가 위병소 밖으로 나오자 배힘찬이 쫄래쫄래 따
라왔다.

"제기랄, 쟤들은 잠도 없냐? 뭐 이리 꼭두새벽부터 설
치고 그런다니?"

"예에?"

배힘찬은 고참이 투덜거리자 자기가 또 뭘 잘못했나 싶
어 화들짝 놀랬다. 그걸 보는 성기수는 어이가 없었다.

'이런 녀석하고는. 대학원을 졸업하고 군대 왔다는 놈
이 저리 띨빵하냐? 하긴 군복 입혀 놓으면 아무리 잘난
놈이라도 다 그렇고 그렇지.'

따져 보면 사실 배힘찬은 성기수보다 무려 여섯 살이
많았다. 군대 늦게 온 죄로 자기 막내 동생뻘 되는 성기수
의 눈치를 보고 있는 것이다.

성기수는 그런 배힘찬이 불쌍하다는 생각도 들어 다독
거렸다.

"배힘찬."

"예, 이병 배힘찬."

"너 중대장님과 고등학교 동기라며? 뭔 말씀 안 하셔?"

"예. 아무 말씀 없으셨습니다."

"그래? 알았다. 내가 저들을 안내할 테니까 너는 수송 관님에게 전화해라. 그들이 왔다고만 하면 아실 거야."

"예에? 아! 예 알겠습니다."

성기수는 배힘찬이 전화기를 드는 것을 보고 밖으로 나왔다.

성기수가 위병소 밖으로 막 나오는데 별판을 단 지프와 6공 트럭 한 대가 오더니 고래고래 소리를 지르는 이들을 태우고 있었다. 원래 저들은 72연대 수송부에서 사단 관할 모처로 이송할 예정이었다.

이제 전역이 불과 일주일밖에 남지 않은 성기수가 위병소 근무를 서고 있는 것도 따지고 보면 저들 때문이었다.

그런데 예정에 없던 별판을 단 지프와 6공 트럭이 나타나 저들을 태우고 있었다.

'어! 무슨 일이지? 우리 수송부에서 이송한다고 했는데?'

성기수 병장은 별판을 단 지프를 보자 본능적으로 잔뜩 긴장을 했다. 그런데 그 지프는 부대에 들어올 생각이 없는지 그대로 되돌려 사라졌다. 6공 트럭 역시 그 뒤를 따라서 사라졌다.

"저거 저, 그냥 가는 거야? 왜?"

성기수 병장은 저들 때문에 전역을 불과 일주일 남기고 위병소 근무를 섰는데 그대로 사라지자 묘한 느낌이 들었다.

말년에는 떨어지는 낙엽도 조심하라 했으니 아무 일도 없는 게 다행이라면 다행이었지만 공연히 서지 않아도 될 위병소 근무를 섰다는 것에 괜히 기분이 꿀꿀했다.

"젠장, 군대에서 하는 일이 다 그렇지."

성 기수가 이렇게 푸념을 한 것처럼 군대에서 하는 일이 다 그런 것은 아니었다. 원래 대통령 비서실에서 입안을 하고 특전사에서 세부 계획을 짠 작전명 [천군 재림]안 대로라면 이들이 갈 곳은 민통선 안의 모(某) 처였다.

육군 참모총장이 25사단장에게 관할 내에 특수훈련장을 세울 것을 지시했고 특수훈련장이 건설되고 있었다.

그런데 조호명 장군이 간암 말기 진단을 받고 느닷없이 입원을 하게 되면서 청와대에서는 조호명 장군의 후임을 생각지 않을 수 없었다. 그래서 염두에 두게 된 인물이 3 공수여단장인 최창하 준장이었다.

이렇게 상황이 바뀌게 되자 원래 계획은 전면 수정이 불가피하게 되었다. 쓰리스타가 지휘하는 것으로 짰던 작전 계획이 원 스타가 지휘할 때는 상황이 완전 달라질 수밖에 없었다.

사단장인 투 스타가 간섭을 하게 되면 원래 계획대로 추진되지 못할 것은 명약관화하기 때문이었다. 아니, 그것보다 더 큰 이유는 [천군 재림]이 탈법적인 것까지 포괄하는 것이라는데 있었다.

원래 계획대로 추진하지 못하는 것이야 아무 일도 아니다.

그렇지만 군에서 조폭들을 잡아다 훈련을 시킨다는 게 외부에 알려지는 날에는 골치 아픈 일이 벌어질 가능성이 컸다.

혹독한 훈련이 자칫 인권유린으로 비춰진다면, 그렇잖아도 가시화되고 있는 레임덕 현상은 국정을 마비시킬 수 있을 것이다.

그래서 조호명 장군의 후임인 최창하 준장에게 거여동 3공수여단에서 훈련을 시키라고 요원들을 직접 데려오게 했던 것이다.

'하하하, 당신들 뜻대로는 되지 않을 것이여.'

강권은 최창하 준장이 직접 그들을 다시 데리러 올 것을 알고 미리 길목에서 대기하고 있었다. 어떤 상황에서도 그들 정도를 상대하는 것이야 식은 죽 먹기였지만 온전히 내 사람으로 만들고 싶었기 때문이다.

하지만 만약을 대비해서 조호명 장군을 대동했다. 저들

의 수장인 최창하가 조호명을 상관으로 인식하고 있는 한 극단적인 행동을 하지 않을 것이었기 때문이다.

얼마간 기다리고 있자 최창하 준장이 이끄는 차량이 나타났다.

'흐음, 이제부터 재미있게 놀아 보자고.'

강권은 내심 이렇게 중얼거리고는 자신의 황금색 모데라토로 지프의 진로를 가로 막았다.

끼이익.

모데라토를 발견한 지프 운전병이 급정거를 했다.

최창하 준장은 가로막은 차가 강권의 차임을 알고는 지프에서 내려와 호통을 쳤다.

"자네 이게 무슨 짓인가?"

최창하 준장은 '너 죽고 싶어?' 이렇게 호통을 치려다 얼핏 보니 조호명 사령관이 함께 온 것 같아 완곡하게 말한 것이다.

"그건 제가 장군께 여쭤보고 싶은 말입니다. 장군께서는 지금 행동은 작전 명령서에 어긋나는 것을 알고 계십니까? 대통령님께서 내리신 명령을 독단적으로 수정하고 있다는 말입니다."

"그거야 윤기영 실장님과 이미 상의를 거쳐 내가 최종 작전권자임을 인정받았네. 그리고 윤기영 실장님께서 대통령님의 재가를 얻어 주시겠다는 확약까지 하셨네. 그러니 내가 최종 작전권자이니 작전의 수정은 내 소관이네. 자네는 간섭하지 말게."

강권은 최창하가 말은 이렇게 했지만 사실상 대통령의 재가가 떨어졌다는 것을 알고 있었다. 하지만 시치미를 딱 떼고 최창하의 말꼬리를 물고 늘어졌다.

"그거야 장군님 생각이고 아직 대통령님의 재가가 떨어지지 않았고 또 조호명 장군님께서 전역을 하지 않으셨으니 엄연히 최종 작전권자는 조호명 장군님이 아닙니까? 그 자리가 그렇게 탐이 나서서 상관이 입원한 사이에 그 자리를 가로채려 하시는 것입니까?"

최 장군은 강권의 말이 너무 어이가 없었지만 자기가 한 말이 있으니 아무런 말도 할 수 없었다. 자기가 생각해도 상황이 그렇게 비춰질 수 있겠다는 생각이 들어 잠자코 있을 수밖에 없었다.

따져 보면 그 모든 것이 윤기영 실장의 생각이었고, 그도 그럴 듯하다는 생각이 들어 따른 것뿐이었다.

친구가 궁지에 몰리는 것을 옆에서 지켜보고 있던 강석천은 안 되겠다 싶었는지 차에서 내려 강권에게 다가갔다.

그것을 본 최 장군은 친구가 행여 강권을 죽일까 봐 다급하게 소리쳤다.

"이봐! 석천이 너무 심하게 하지는 말게."

최 장군이 소리를 지르자 강석천은 안심하라는 듯 미소

를 지어 보였다. 하지만 강석천은 이 천둥벌거숭이 꼬맹이를 가만두고 보겠다는 생각은 결코 없었다.

'하! 친구여, 때로는 몽둥이를 들어야 할 때도 있는 법이라네.'

내심 이런 생각을 갖고 살기를 끌어 올리며 한 발, 한 발 강권에게 다가갔다.

강권은 강석천이 내뿜는 살기 속에 익숙한 기운이 느껴졌다.

사문인 천살문의 갑인신공의 기운이었다.

'아직까지 천살문의 맥이 끊어지지 않았던가?'

자못 흥미롭다는 듯 나지막하게 중얼거렸다.

그런데 현현(玄玄)해야 할 갑인신공의 기운 속에 고목신공의 탁한 기운이 느껴져 눈살을 찌푸리게 만들었다.

그래서 강권의 반응 또한 조금 과격해졌다.

[호, 살인멸구라? 그게 가능하다고 생각하나 보지?]

강권이 중얼거리는 소리는 일종의 음공으로 오직 강석천의 귀에만 들리게 한 것이었다. 강석천은 그 소리를 듣고 골이 쩌렁쩌렁 울리는 것이 아무 생각도 나지 않고 그저 자리에 눕고만 싶어졌다. 그러다 문득 생각나는 게 있었다.

'허걱! 이것은 설마 봉황음(鳳凰音)은 아니겠지?'

강석천은 강권이 말로만 들었던 사문의 비기를 펼친 것

만 같아 흠칫 놀라지 않을 수 없었다. 그러나 이내 이를
부정하지 않을 수 없었다. 천 년 이상 단맥(單脈)으로 이
어온 사문의 다른 후계자가 있을 리 없었기 때문이다. 게
다가 봉황음은 1갑자 이상의 내공을 갖고 있어야만 펼칠
수 있다는 말을 얼핏 들었던 것 같은데, 강권의 나이로 보
아 거의 불가능했다.

하지만 강권이 나이가 어리다지만 자기가 전혀 경지를
가늠할 수 없다는 점에서 이를 전적으로 부정하지는 못했
다.

강석천은 할아버지에게서 무공을 배웠다.

그런데 할아버지가 스스로 승려라고 말하면서도 머리를
길렀고 술과 고기, 심지어 계집질까지 스스럼없이 자행했
다.

강석천은 그게 부끄러워 누구에게 말조차 꺼내지 않았
다.

늘 술에 취해 계셨던 할아버지 말씀은 이랬다.

"이눔아! 내가 사이비 땡중이라고? 세상의 모든 만물이
다 그 짝을 맞아 후손을 남기도록 창조된 피조물인 겨. 그
러니까 그렇지 않은 것이 도리어 자연의 이치를 거스르는
사이비인 겨. 또한 고기와 술이 어떻다고 그러는 겨? 고
기는 생존을 위해서 필요한 음식이고 술은 인간이 만들어

낸 최상의 음식인 겨. 그 좋은 걸 왜 못 먹게 하는 건데? 그리고 말이 나왔으니 한마디 더하지. 원래 불교라는 것이 우리 땅에서 시작이 된 겨! 알았어? 이눔아!"

한마디로 말도 되지 않는 소리였다. 불교는 석가모니로 부터 비롯된 종교가 아닌가 말이다.

잠시 이런 생각에 잠겨 있던 강석천은 숨을 깊이 들이 마셔 마음을 가다듬고는 차가운 어조로 대꾸했다.

"못할 건 또 뭔가?"

[하하, 그대에게 그럴 만한 능력이 있을까?]

"흐흐, 그 말을 후회하게 해 주지."

강석천은 갑인신공(甲寅神功)을 끌어 올려 손에 유포시켰다.

사문의 오행의 기운을 연마하는 다섯 가지 신공 중에서 유일하게 남아 있는 것이다.

갑(甲)은 천간(天干)에서 나무를 상징하고 인(寅)은 지지(地支)에서 나무를 상징한다. 따라서 갑인신공은 오행 중에 나무(木)에 해당하는 내공심법이었다.

비록 축기(畜氣)하는 구결이 일부 소실이 되어 불완전했지만 강석천은 이것을 익히고 30년 이상 그 누구에게도 져 보지 않았다.

갑인신공을 손에 유포시키자 강석천의 손은 푸르죽죽하

게 변했다. 그것을 본 강권은 눈살을 찌푸렸다.

약간 변형이 되었다고는 하지만 천살문의 무공 중 하나인 갑인신공을 강권이 몰라볼 까닭이 없었다.

'천살문의 무공을 다시 볼 수 있게 되다니…… 그런데 저거 저, 완전 사이비 갑인신공이로군. 고목잡공을 섞었나? 고목잡공 따위의 허접한 무공을 사문의 정종무공에 섞어 놓다니. 어떤 빌어먹을 놈이 감히…….'

강권에게 있어 천살문은 시작이요 끝이었다. 명철 이전의 생에도 천살문의 문도였고, 그 이전의 생도 천살문의 문도였다. 그런 천살문이니 강권에게 있어 천살문은 각별했다.

그런데 그런 천살문의 신공을 허접한 고목신공과 짜깁기한 것을 보게 되니 열불이 나지 않을 수 없었다.

[그거 누구에게 배웠소?]

강권이 무진신공을 끌어 올려 살기 띤 음성으로 말하자 강석천은 견디기 어려웠다.

40여 년이 넘도록 갑인신공을 익혔다고는 하지만 고갱이가 빠진 채 껍데기만 훑었으니 불과 10년의 공력도 축적되지 않았다.

그러니 봉황음에 내력이 진탕된 가운데 1갑자가 훨씬 넘는데다 제대로 된 무공을 익힌 강권이 뿜어내는 살기를 견디기 어려운 것은 당연했다.

"크윽……."

[다시 한 번 묻겠소. 누가 우리 사문의 갑인신공을 고목잡공과 섞은 것이오?]

"크흑, 예에? 가, 갑인신공이 사문의 무공이라고요?"

강권이 강석천이 놀라는 것에 기파를 살펴보자 놀라움과 기대가 섞여 있었다. 기파의 반응대로라면 천살문과 무관하지 않다는 말이었다. 천살문의 무공을 알고 있고 무관하지 않다면 천살문의 문도밖에 없을 것이다.

'천오백 년이 지나도록 천살문이 끊어지지 않고 이어온다는 말인가?'

강권은 천살문의 명맥이 끊겼으리라고 여기고 있다 그 문도로 추정되는 자를 만나니 반갑기 그지없어 다짜고짜 물었다.

[당신은 천살문의 몇 대 손이오?]

강석천은 자기 막내아들보다 어린 강권이 평대하는 것도 개의치 않고 공손하게 대답을 했다. 무문(武門)에서는 나이보다 배분이 절대적인데 강권의 무공의 경지와 하는 걸 봐서는 자기보다 배분이 높을 것 같다는 생각이 들었기 때문이다.

"예. 저는 98대 손입니다."

'내가 48대 손인데 어떻게 그럴 수 있지?'

강권은 이내 천오백 년이란 세월이 지났음을 상기하고

는 고개를 끄덕거렸다. 따져 보면 지금의 강권은 천살문과는 아무 상관이 없었지만 자신을 명철과 동일시하고 있었다.

이것은 얼마 지나지 않아서 강권을 특별한 존재로 만들어 버렸다.

'내 이후로 얼마 지나지 않아서 천살문 무공의 정수가 전해지지 않았나 보군.'

제대로 된 천살문의 무공들을 익히면 최하 200년은 산다.

그것은 단군 이전 환국으로부터 시작된 천살문의 역사로 비추어 보면 자명하다. 고대 환국은 3,000년 동안 7명의 황제께서 다스리셨다고 한다. 그것을 감안한다면 환국의 황제들은 최소로 잡아도 400년 이상을 사셨다는 소리였다.

말도 되지 않는다고 할지 모르지만 지구 내부에서 뿜어져 나오는 생기가 달라져서 지구상에 사는 생명체들의 수명이 달라진 결과일 뿐이다.

고대에 엄청난 덩치의 공룡이 지구상에 살고 있었던 것 또한 같은 이치였다.

결론적으로 천살문의 1대는 보통 100년으로 잡는다.

그렇게 따지면 천오백 년은 10대에서 15대 정도로 치면 되는데 무려 50대가 흘렀다는 것은 문도들의 수명이 짧았다는 말밖에는 달리 이유가 없을 것 같았다. 강석천의 조잡한 갑인신공을 생각하면 그럴 가능성이 충분했다.

[그런데 네 갑인신공이 어째 그 모양이냐? 갑인신공에 고목잡공을 섞은 것 같지 않느냐?]

자신의 배분을 알고 스스럼없이 하대를 하자 강석천은 강권이 자신보다 훨씬 윗배분이라는 것을 직감하고 공손하게 물었다.

"고목잡공이라니요?"

[고목잡공도 모르는 게냐? 무릇 검되 탁하지 않은 것은 현(玄)이라 한다. 신공이란 당연히 현기를 띠어야 하느니. 그런데 어찌 갑인신공이 엄청 얻어맞아서 멍이 든 것처럼 푸르죽죽하더란 말이냐?]

"그거야……."

[잔말할 것 없다. 내 갑인신공의 정수를 알려 줄 테니, 내 차에 타거라.]

불감청이언정 고소원이었다.

강석천은 강권이 시키는 대로 하고 싶은 마음이 굴뚝같았지만 고등학교 동기동창이자 친구인 최창하를 모른 척할 수 없어 망설이지 않을 수 없었다.

최창하 준장 역시 강권의 차에 앉아 있는 조호명 중장을 보고 자신의 계획이 어긋난 것을 알았다. 그런데 믿고

있던 강석천마저 혼자 무어라고 중얼거리더니 자기를 쳐
다보자 더 이상 밀어붙이기에 무리라는 것을 깨달을 수
있었다.

6공 트럭에 타고 있는 요원들을 동원할까도 생각하지
않은 것은 아니었지만 조호명 사령관이 나서면 반드시 자
기 명령에 따른다는 보장도 없었다.

결국 최창하 준장은 시세에 따르기로 했다.

"자네가 원하는 게 도대체 뭔가?"

"큰 것을 바라는 것은 아닙니다. 다만 저들을 데려가겠
다는 것뿐입니다. 같이 가시겠다면 따라오셔도 상관은 없
습니다. 하지만 군 트럭은 안 됩니다. 제 차에 타든가 아
니면 저 차에 타도록 하십시오."

최창하 준장이 강권이 가리키는 곳을 보니 커브 길에
25인승 버스가 주차되어 있었다. 최창하 준장은 가만 한
숨을 쉬고 6공 트럭에 타고 있는 요원들에게 버스에 갈아
타도록 명령했다.

화악산 어느 이름 모를 계곡.

완전군장을 한 일단의 인물들이 모여 있었다.

그들은 강권 일행이었다. 물론 강권이 그들을 자신이

수련했던 곳으로 데려간 것이다.

"쓰벌, 뭐하자는 것이라니?"

"조또, 내가 알 게 뭐야? 까라면 까는 수밖에."

영문도 모르고 강권을 따라나선 요원들은 불만이 많았다.

그렇지만 아무리 밸이 꼴리더라도 그들의 할아버지인 조호명 특전사령관과 최창하 3공수여단장이 잠자코 따르니 투덜거리면서도 따를 수밖에 없었다.

강권은 자신이 수련했던 곳에 도착하자 그들에게 말했다.

"여러분들은 군인 이전에 사내들입니다. 자고로 사내들은 주먹으로 말하는 법, 여러분들이 사내들이라면 한 번 붙고 나서 우리의 공통 관심사에 대해서 말해 보도록 합시다."

한 판 붙고 나서 말하자니…… 얘들도 아니고 이게 도대체 무슨 짓거리인가?

강권의 말에 너무 어이없어 다들 서로의 얼굴을 쳐다보았다.

조호명 장군도 강권의 말에 어이없기는 마찬가지였다.

하지만 강권이 아무런 뜻도 없이 이러지는 않을 것이란 생각이 들어 곰곰이 따져 보다 고개를 끄덕거리더니 한마디 했다.

"최강권 씨가 원하는 게 결과가 어떻든 그 결과에 승복하자는 것입니까?"

"장군님께서 그렇게 생각하신다면 그리 생각하셔도 무방합니다. 일단 먼저 몸으로 대화를 해서 진실한 사내들이라는 것을 증명하고 진지하게 우리들의 미래에 대해서 얘기하고 싶습니다."

조호명 장군은 우리들의 미래라고 말한 것에서 강권이 [천군 재림] 작전에 대해서 뭔가 말하고 싶어 한다는 것을 느꼈다.

'도대체 뭘 말하고 싶어 하는 걸까?'

조호명은 강권이 뭘 말하고 싶어 하는지 궁금했지만 강권이 지금 말하지 않으려 하니 궁금해도 참을 수밖에 없었다.

'그럼 말하게 할 수밖에.'

조호명은 내심 이렇게 생각하고는 요원들에게 말했다.

"여러분들도 최강권 씨가 한 말을 들었을 것이다. 나역시 사내들은 입으로 말하는 게 아니고 몸으로 말하는 게 좋다고 생각하는 사람 중의 하나다. 누가 먼저 나서겠는가?"

요원들이 막 나서려는 찰라 강권이 말했다.

"하하하, 장군님께서 뭔가 오해하고 계시는 것 같은데 저들 중 누가 나서더라도 절대 내 상대가 될 수 없습니다.

내가 원하는 것은 저들 전부가 나에게 덤비는 것입니다."

"뭐시라? 이 새끼가 죽고 싶은 모양이지?"

"손석철 중사, 그대가 진정 사내라면 주둥이로 한몫 보려하지 말고 몸으로 얘기하도록."

"허어, 이 새끼가 정말 죽고 싶은 모양이지? 그럼 죽여주지."

손석철은 어이없다는 듯 강권을 한참 노려보더니 건들거리며 나섰다. 다른 요원들 역시 손석철이 어떤 종자라는 걸 잘 알고 있었기 때문에 주둥이만 여문 어린 녀석의 조의(弔意)를 표했다.

그런데 전혀 뜻밖의 일이 벌어졌다.

여기 모인 요원들 중에서 가장 실력이 뛰어나다고 여겨지고 있는 강석천이 나서서 손석철을 제지한 것이다.

"이봐! 손 중사, 무례하지 말게. 그분은…… 자네 정도의 실력으로는 옷깃조차 건드릴 수 없는 분이시라네."

"예에? 지금 하신 말씀이 무슨 말씀이신지?"

손석철은 한낱 애송이에게 극존칭을 하는 강석천의 말에 눈을 동그랗게 뜨고 되물었다. 다른 요원들 역시 같은 의문이었다.

또한 그것뿐이 아니었다. 손석철이 어떤 인물이던가? 비공식적으로 열리는 세계 특수부대 경연대회 격투기 부문에서 무려 5연패를 했던 인물이 아니던가.

몸이 훨씬 더 큰 서구의 특수부대원들을 상대로 5연패를 했다는 것은 손석철의 무술이 얼마나 뛰어나다는 것을 반증하는 대목이었다.

이런 이유로 미국 델타포스, 영국의 SAS, 프랑스 국가 헌병대 GIGN의 무술교관으로 여러 차례 파견 근무를 하고 훈장까지 받은 바 있었다.

제대로 진급을 했으면 최하 주임원사 정도는 되었을 것이다. 그런데 성질이 더러워서 아니꼬우면 누가 되었든 일단 들이받고 보니 진급과 강등을 거듭해서 10년째 중사였다.

여기 모인 사람들 중에서 그걸 모르는 사람은 아무도 없었다. 그런데 그런 손석철이 옷깃조차 건드릴 수 없을 정도의 고수라면 도대체 어떤 인물이란 말인가?

만약 다른 사람의 입에서 그 말이 나왔다면 코웃음으로 넘겼겠지만 강석천이 한 말이어서 대놓고 반박은 하지 못했다.

강석천은 손석철의 물음에는 콧방귀도 끼지 않고 강권에게 말했다.

"어르신, 얼라들을 상대해 봐야 어르신 체면만 구길 테니, 차라리 어르신의 실력을 보여 주어 얼라들의 안목을 넓혀 주시는 게 어떻겠습니까?"

"에엥, 어르신……?"

"누가? 저 핏덩이가?"

요원들은 다들 싸움이라면 누구에게 진다는 생각을 하지 않는 천부의 싸움꾼들이다. 그런데 어떻게 그들을 얼라라고 칭할 수 있는 사람이 있을 수 있단 말인가?

강석천의 말에 다들 기함을 했지만 그 누구도 강석천의 말에 감히 반박을 하지 못했다. 강석천은 그들에게 있어 전설이었기 때문이다. 강권은 자신의 생각대로 되어 가고 있음에도 전혀 내색을 하지 않고 잠시 생각을 하는 척하다 말을 했다.

"다들 매트릭스를 보았을 줄 믿는다. 매트릭스에서 총알을 피해 내는 장면이 불가능하다고 생각하나?"

"……."

"다들 불가능하다고 생각하겠지? 그렇지만 동체 시력이 뛰어나다면 전혀 불가능한 일은 아니다. 내가 총알을 피해 낸다면 졌다고 인정할 수 있겠나?"

저 애송이가 정말 죽으려고 환장했다는 말인가?

도대체 말도 되지 않는 소리였다. 인간이 어떻게 총알을 피해 낸단 말인가?

하지만 강권은 총알을 피해낼 수 있을 뿐만 아니라 잡아 낼 수도 있었다. 다만 잡아내는 것은 자신할 수가 없어서 피해낸다고만 말했던 것이다. 강권은 반신반의하는 강석천에게 자신을 향해서 총을 쏠 것을 주문했다.

"예에? 어떻게 사……람을 향해 총을 쏠 수가 있겠습니까?"

강석천은 어떻게 사문의 존장을 향해서 총을 쏠 수 있겠느냐고 말하려다가 주위의 이목을 생각하고는 얼른 말을 바꾸었다.

강권은 강석천의 태도에서 싹수가 있다는 것을 확신하고 그를 일약 고수로 만들어 줄 결심을 했다. 강권이 이런 결심을 한 것은 강석천을 사문의 후학으로 인정한다는 의미를 담고 있었다.

"하하하, 너는 내 말을 허투루 듣고 있구나. 내가 분명 총알을 피해 낼 수 있다고 하지 않더냐? 그러니까 아무 염려하지 말고 총이나 쏘도록 해라."

"그, 그렇지만……."

강석천은 망설이다 최창하가 손과 발을 가리키는 시늉을 하자 그 의미를 깨닫고 권총을 빼 들었다. 엄밀히 따져서 민간인인 강석천은 권총을 소지할 수 없지만 이번 작전으로 권총의 소지가 허락되었다.

강석천이 권총을 빼 들고 겨누는데도 강권은 태연자약이었다.

강석천은 만약을 생각해서 뒤로 20여 m를 더 후퇴해서 강권과의 거리를 대략 30여 m로 유지하고 권총을 발사했다.

탕.

권총의 유효사거리가 대략 50여 m이니 그 거리에서 정통으로 맞는다면 치명상을 입을 것이다. 강석천은 그런 우려 때문에 몸통을 겨냥하지 못하고 하반신을 겨냥하기까지 했다.

그런데 강석천의 그런 염려는 기우에 불과했다. 놀랍게도 강권이 총알을 잡아냈던 것이었다.

"악! 사기다. 어떻게 저럴 수가……."

"우와!"

권총이 발사되고 강권의 엄지와 검지 사이에 끼어 있는 총알을 발견한 요원들의 입에서 나온 말이었다.

보고도 도저히 믿어지지 않는 일이었다.

모데라토의 헤드라이트가 주변을 밝혀 주고 있다고 하지만 아직 일출 전이어서 어두웠다. 그런데 어떻게 총알을 보고 잡을 수 있다는 말인가?

강권은 그 말들은 일체 무시하고 강석천에게 말했다.

"이번엔 하반신을 겨냥하지 말고 몸통을 겨냥하도록 해라. 그리고 연속으로 세 발을 발사하도록. 알겠느냐?"

"저, 정말 괜찮으시겠습니까?"

"존장의 말을 믿지 못하겠는가?"

"죄, 죄송합니다. 어르신께서 시키시는 대로 하겠으니…… 어르신, 제발 조심하십시오."

강석천이 급히 사죄를 하고 다시 권총을 발사했다.

탕, 탕, 탕.

그리고 그 세 발의 총알은 모두 강권의 손가락 사이에
끼어져 있었다.

제4장
내 사람 만들기 작전 (2)

강권은 만년필을 꺼내 들었다. 그 만년필은 청와대에서 대통령과 윤기영 국정상황실장의 대화가 녹음된, 바로 그 것이었다.

강희복 경찰청장이 보통 사람은 아니었지만 그에게서 만년필을 슬쩍했다. 강권의 실력으로 그 정도 사람에게서 물건 하나 입수하는 것쯤이야 식은 죽 먹기였다.

조호명 특전사령관은 녹취된 대화를 듣고 무언가 생각에 잠기더니 물었다.

"이걸 나에게 들려 준 이유가 뭣입니까?"

"이것을 읽으시면 답을 해 드리겠습니다."

강권은 강희복 경찰청장이 그에게 보여 준 문건을 이곳

에 있는 사람들의 숫자만큼 복사를 해서 요원들에게 돌렸다. 문건에서 자신과 경옥의 사찰에 관한 내용을 뺀 것은 물론이었다.

강권은 조호명 특전사령관이 문건을 전부 읽을 때까지 기다렸다 되물었다.

"아직도 그 이유가 궁금하십니까?"

"……."

"내가 만들려던 조직이 바로 그 문건에 나와 있는 [천군 재림] 작전의 바로 그 조직입니다. 여기에 있는 요원들 2~3명 정도를 가볍게 제압할 수 있는 능력을 가진 능력자 100명으로 구성된 조직이지요. 그들의 능력은 개인전투술뿐만이 아닙니다. 온갖 첨단 장비들의 감시를 꿰뚫고 잠입할 수 있는 침투술, 사냥개에 버금가는 추종술 등을 겸비하지요. 9명 1개조라면 능히 백악관도 침투해서 요인을 암살할 수 있을 정도입니다. 그런 조직의 하부 조직에 전국의 조폭 조직들이 자리한다면 어떤 위력을 갖겠습니까?"

"……."

조호명 특전사령관과 최창하 3공수여단장은 둘 다 임관 후에 줄곧 특수부대를 지휘해 온 특수전의 전문가들이었다.

그들은 강권이 말한 정도의 전력이라면 1개 사단과 싸

우더라도 지지 않을 자신이 있었다. 거기에 전국 조폭 조직들이 하부 조직으로 자리한다면 어지간한 나라 정도는 전복시킬 자신이 있었다.

그런데 그런 조직을 사조직으로 만든다면…… 그 결과는 생각조차 하기 싫었다. 조호명 특전사령관과 최창하 3 공수여단장은 할 말을 잃고 고개만 절레절레 저었다.

"그 문건을 입수하고 나는 그 조직을 대통령의 사조직으로 만들게 두지 않겠다는 결심을 하게 됐습니다. 대통령은 국민의 힘으로 뽑아 준 일시적인 국가를 대표하는 봉사자에 불과하지, 옛날 국왕처럼 국가의 주인이 아니기 때문입니다. 그래서 이 자리를 마련한 것이구요."

"크흠, 그럼 최강권 씨는 어떻게 하실 작정이십니까?"

강권은 잠시 무언가를 생각하더니 조호명 장군의 물음에는 대답을 하지 않고 도리어 물었다.

"장군님, 우리나라에서 암약하고 있는 외국의 산업스파이들의 숫자가 얼마나 되는지 알고 계십니까?"

"크흠, 우리 같은 군인들이 어찌 그걸 알겠소."

"……."

"장군님, 국가를 지키는 것은 단지 국방을 튼튼히 하는 것만이 능사는 아닙니다. 앞으로 우리나라에는 세계대전이 벌어지기 전에는 전쟁이 없다고 보아도 좋습니다. 그리고 우리나라에서 전쟁이 벌어진다면 그 전쟁은 세계대전의 단초가 될 것입니다. 그 말은 국방도 국방이지만 더욱 치열해지고 있는 경제 전쟁에 더 한 층 대비해야 한다는 말입니다."

"……."

강권은 잠시 말을 멈추고 자기 말에 귀를 기울이고 있는 사람들의 면면을 일일이 훑어보고 말을 이었다.

"우리나라에서 활약하고 있는 산업스파이들은 최소 2,000명 이상입니다. 그중 중국의 산업스파이들이 1,000여 명 이상이구요. 특히 중국의 산업스파이들 1,000명 안에는 고도로 훈련된 스페셜리스트가 100여 명가량이나 됩니다. 그리고 그 문건에서 언급하고 있는 조직은 제가 우리나라에서 암약하고 있는 외국의 산업스파이들만을 처리하기 위한 목적으로 생각했던 조직입니다."

"흐흠……."

"……."

"믿어지지 않으시겠지만 여기에 있는 요원들 중에서 중국의 산업스파이들 중 스페셜리스트들을 상대로 일대일로 이길 수 있는 실력을 갖춘 요원은 두세 명에 불과할 정도입니다."

강권의 말에 좌중은 경악을 금치 못했다.

여기에 모인 사람들은 우리 군에서 최고 정예를 뽑은 사람들이라고 봐도 좋을 사람들인데 어떻게 그럴 수 있단 말인가?

강권은 좌중의 의구심을 잠재우겠다는 듯 말을 이었다.

"그것은 제가 직접 그 스페셜리스트들과 싸워 보고 내린 결론입니다. 그래서 그 조직을 상대하기 위해서 우리도 특별한 조직을 만드는 게 좋겠다는 생각을 했었던 거구요. 그러던 중 우연히 강희복 경찰청장을 만나게 되어 상의했었던 것인데, 그분이 대통령께 건의를 드렸던 모양입니다. 여러분이 보았던 그 황당한 문건이 작성되어진 배경이 바로 그것입니다."

"허, 완전 이무영 국왕 만들기네. 어떻게 그럴 수가 있지?"

"제기랄, 나도 이무영 대통령을 찍어 주었는데. 완전 헛지랄 한 거네. 쓰벌."

"쓰벌, 그러게 말이야, 권력이 좋기는 좋은 모양이네."

요원들은 문건을 전부 읽어 보지는 못했지만 그들이 바보는 아니어서 강권이 하고 있는 말이 문건의 내용이라는 것을 대부분 알았다. 또한 옛날 같지 않고 요원들도 다들 학벌이 좋아 문건의 내용을 대충 파악한 것 같았다.

그렇지만 요원들은 그들이 모시는 장군들 앞이라 큰 소

리로 떠들어 대지는 못하고 먼 산을 바라보며 구시렁거렸다.

강권은 요원들이 구시렁거리는 소리에 헛기침만 연발하고 있는 조호명 장군을 보며 말을 이었다.

"장군님께서는 제가 어떻게 할지 물어보셨지요? 그 조직을 제가 이끌 작정입니다. 그래서 그 조직으로 우리나라에서 암약하고 있는 외국의 산업스파이들을 일소할 것입니다."

"……"

"그렇게 할 수 있도록 도와주십시오. 저는 여러분들에게 힘을 주겠습니다. 저는 3개월 이내에 여러분들이 지금보다 배 이상 강해질 수 있게 해 주겠습니다. 그러니 나를 도와주십시오."

"흐음, 나도 도와주고 싶은 마음은 간절하지만 간암 말기 판정을 받았으니 이제 살면 얼마나 살 수 있겠습니까?"

"만약 제가 장군님을 치료해 준다면 장군님께서는 저를 도와주겠습니까?"

조호명 장군은 강권이 예전에도 자신의 병을 치료할 수 있다고 했지만 완전 믿지는 않았다. 그리고 간에 관한한 우리나라에서 최고로 권위자인 최종수 박사가 도저히 치료할 수 없다는 말에 거의 체념한 상태였다.

그런데 오늘 강권의 말은 왠지 믿고 싶어졌다. 이제 겨우 쉰셋, 만으로 쉰둘에 죽는다는 것이 너무나 억울하다는 생각이 들었기 때문일 것이다. 그렇지만 조호명은 자신이 살려고 명예를 저버리고 싶은 생각은 추호도 없었다.

조호명은 고심 끝에 자신의 결심을 밝혔다.

"그대 말대로 우리나라에서 암약하고 있는 산업스파이들만 상대한다면 내 목숨이라도 기꺼이 내놓겠네. 그렇지만 그대의 사욕을 위해서 하는 일이라면 나는 죽을지언정 자네에게 동조하지 않겠네. 이것이 내 약속이자 결심일세."

"하하하, 그것이면 족합니다. 그럼 사나이 대 사나이로 약속하신 겁니다."

"나는 죽으면 죽었지 허언을 하지 않는 사람이니까, 나에 대한 것은 조금도 걱정하지 말게. 잊지 말 것은 만약 자네가 약속을 어기고 그 조직을 자네의 사리사욕을 위해서 사용한다면 나는 수단과 방법을 가리지 않고 기필코 자네를 죽이겠네."

"하하, 제발 그렇게 하십시오. 그리고 병은 치료될 것이니까 장군님께선 굳이 전역을 하지 마시기 바랍니다. 장군님께서 군에 계셔야 조직을 좀 더 효과적으로 운용할 수 있기 때문입니다."

"허, 간암 말기인 내가 전역을 하지 않고 군에 남아 있어도 무슨 힘이 되겠는가?"

"하하, 장군님의 병환은 걱정하시지 마십시오. 오늘 제가 장군님의 몸속에 기를 넣어 드리면 일단 병이 더 악화되지는 않을 것입니다. 그리고 훈련장을 3공수여단이나 특전사령부에서 하시면 됩니다. 제가 양재동에서 사니까 출퇴근을 하더라도 넉넉잡고 30분 정도면 갈 수 있으니까요."

최창하 장군이나 요원들은 이들의 대화를 듣고 강권이 간암 말기 판정을 받은 조호명을 이미 치료를 한 것처럼 말하자 어이가 없었다. 그것은 물론 조호명의 간암 말기는 실제 간암이 아니었고 강권이 침투공의 수법으로 무진신공의 기를 불어넣은 것이라는 것을 몰랐기 때문이다.

이런 이유로 강권이 조호명의 간암을 치료하는 것은 매우 간단할 뿐만 아니라 그를 더 건강하게 할 수도 있었다.

'말기인 간암을 단숨에 치료하는 것은 좀 그렇지?'

강권은 좀 더 그럴듯하게 보이기 위해서 조호명 장군에게 기를 불어넣어 주는 약간의 쇼를 가미해서 마치 자신이 치료를 하는 것처럼 보이게 만들었다.

"하하, 어떠십니까?"

조호명 장군은 몸을 약간 움직여보다 몸이 날아갈 것처

럼 가볍게 느껴지자 정말 자신을 치료할 수 있다는 강권의 말이 전혀 근거가 없는 거짓말은 아닐 것이라고 확신했다.

"고맙네. 자네 말대로 하겠네."

"좋습니다. 그럼 저 친구만 놔두고 다른 분들은 곧바로 부대로 복귀하시기 바랍니다. 청와대에서 꼬치꼬치 캐물으면 대답하시기가 난처하지 않겠습니까?"

조호명 장군은 강권과 강석천의 얼굴을 번갈아 쳐다보더니 강석천이 인사를 하는 것처럼 고개를 끄덕이자 자신 역시 고개를 끄덕거리며 말했다.

"알겠네, 그렇게 하도록 하겠네. 그건 그렇고 최 교관은 언제부터 부대에 출근하려는가?"

"내일부터 출근하도록 하겠습니다. 그리고 한 가지 부탁드리고 싶은 게 있는데, 이곳에 있었던 일은 절대 비밀을 해 달라는 것입니다. 밝혀져서 좋을 일이 없거든요."

조호명 장군은 대답 대신에 최창하 준장에게 물었다.

"최 장군, 자네 여기에서 무슨 일이 있었는가?"

"충성, 죄송합니다. 사령관님, 사령관님께서 무슨 말씀을 하시는지 전혀 모르겠습니다. 죄송합니다. 충성."

최창하 준장의 말을 들은 조호명 장군은 고개를 끄덕이더니 이번에는 요원들을 향해서 물었다.

"자네들은 여기에서 무슨 일이 벌어진 줄 알고 있는가?"

"충성, 죄송합니다. 사령관님, 사령관님께서 말씀하신여기가 어딘지조차 알지 못하겠습니다. 충성."

"최 교관, 자네도 들었겠지만 이들은 여기가 어딘지조차 모른다고 하네. 그러니 걱정하지 말아도 될 것이네. 우리 특전 용사들은 한 입 갖고 두 말은 하지 않는다네. 이것은 검은 베레모인의 가장 큰 장점이자 단점이라네. 믿어도 될 것이네."

강권은 이곳에 벌어진 일이 소문이 나든 나지 않던 아무 상관이 없었다. 그런데도 그렇게 말했던 것은 이들이 자발적으로 참여한다는 참여의식을 끌어내고 싶어서였고, 또 그렇게 만들었다.

결과적으로 강권의 내 사람 만들기 작전은 반쯤은 성공했다고 보아도 과언이 아니었다.

다행스러운 것은 최창하 장군이 꼭두새벽에 출동을 해서 일조점호를 마칠 무렵에 부대로 복귀했다는 것이었다.

청와대가 알아도 상관은 없겠지만 아무래도 이곳에서 벌어졌던 일을 알게 되면 시시콜콜 따지려 들 수 있는데 그것을 피할 수 있었던 것이다.

❖　❖　❖

"나무는 무엇이더냐?"

다른 사람은 전부 가고 혼자 남은 강석천은 강권의 느 닷없는 물음에 영문을 몰라 눈만 깜빡거렸다.

"미련한 놈. 갑(甲)이 무엇이고, 인(寅)이 무엇이더 냐?"

"예, 모두 나무를 가리키는 말입니다."

"나무의 가장 큰 특징은 끊임없이 뻗어 나가려는 성질이 있다는 것이다. 따라서 하루 중 새벽을, 계절 중 봄을 나무 로 보고 있다. 나무를 상징하는 색깔은 청색이요, 오상(五 常) 중의 인(仁)이 나무다. ……중략…… 따라서 갑인신공 을 제대로 익히려면 어진 마음을 가져야만 하며 항상 천진 난만하게 행동을 해야만 한다. ……중략…… 생(生)하는 수(數)는 3이고, 성(成) 하는 수는 8이니 항상 바람처럼 가벼워야 하느니라. 정(丁)과 임(壬)을 인수지합(仁壽之 合)으로 하고 진방(辰方)을 보아야 하며 곡직(曲直)을 근 본으로 삼아야 한다."

강석천은 지금 강권이 노래처럼 읊조리고 있는 것이 갑 인신공의 구결일 것이라는 생각이 들자 정신을 바짝 차리 고 자신이 알고 있는 갑인신공의 법문과 대조하기 시작했 다. 할아버지로부터 들어왔던 것과 다른 것은 일정한 운율과 고저장단을 가지고 있다는 것이었다.

희한한 것은 강권의 노랫소리의 흐름에 따라 몸 안에서 기가 꿈틀거리고 있다는 것이었다. 그리고는 자기도 모르게 운기삼매경에 빠져들었다.

강석천이 갑인신공의 법문대로 제대로 운기를 하고 있는지 지켜보면서 강권은 노옴에게 약초를 캐 오라고 했다. 노옴이 캐오는 약초로 조호명을 치료하는 쇼를 제대로 할 작정인 것이다.

일주천이 끝나자 강권은 한숨을 내쉬면서 강석천의 욕을 했다.

"멍청한 녀석 같으니라고. 어떻게 그걸 구결이라고 생각하느냔 말이야? 제 놈이 98대 손이라고 했으면 최소로 잡아도 3,000년은 되었을 것인데 그 당시에 한글이 있었겠냐고? 그렇게 머리가 안 돌아가서 어떻게 무공을 배우겠다는 거야?"

강권이 이처럼 강석천을 욕하는 것은 넉넉잡고 10분 정도면 끝날 무공 전수가 30분이 넘도록 해야 했기 때문이다.

강권이 사용한 방법은 일종의 파동을 이용한 무공 전수였다.

일정한 운율과 음의 고저장단에 의해서 기의 흐름이 달라지고 기의 경로가 달라진다는 게 파동을 이용한 무공

전수의 요체다.

그런데 이 파동을 이용한 무공 전수에는 일정한 제약이 따른다.

전수자가 음공(吸功)에 정통해야 하고, 최소한 일 갑자 이상의 공력을 가져야 한다. 반면 피전수자는 경맥과 근골이 튼튼하기만 하면 된다. 경맥과 근골이 튼튼하지 못하면 음공에 의해서 도리어 경맥이나 내장이 파열되어 죽을 수도 있기 때문이었다.

이제 더 이상 운공조식을 지켜보지 않아도 되었을 무렵 노옴은 산삼 십여 뿌리를 비롯해 하수오, 삼지구엽초 등을 캐 왔다. 그중의 하나는 200년 묵은 천종산삼이었다.

이제 노옴은 숙련된 심마니가 울고 갈 정도로 약초 캐는 데는 도사가 되어 있었다.

"처음 보는 사손이니 이 정도의 선물은 해 주어야겠지. 저놈은 복도 많군."

이 말은 강석천에 대해서 그만큼 애정을 갖고 있다는 반증이기도 했다.

강권은 노옴에게 누가 오면 입구를 막으라고 해 놓고 산삼 한 뿌리를 씹어 먹으면서 운기조식을 했다. 조호명에게 기를 불어넣어 주고, 강석천에게 무공 전수를 하며 소진시킨 내력을 보충시킬 필요가 있었기 때문이다.

조호명에게 기를 불어넣어 준 것과 30분 넘도록 음공을 펼친 것은 3시간 이상 권각(拳脚)을 휘두르는 것 이상의 내력을 소모하는 것과 같았던 것이다.

❖　　❖　　❖

"제대로 된 갑인신공으로 운기한 기분이 어떠하냐?"

"무척이나 상쾌해서 마치 몸이 날아갈 것 같습니다. 고맙습니다. 그런데 어르신 제가 어르신을 어떻게 불러 드려야 하는지요."

"그것 참, 애매하구나. 너는 98대라며? 나는 48대이니 알아서 부르려무나."

"예에? 어, 어떻게 그, 그럴 수가."

강석천이 놀라는 것은 무공을 가르쳐 준 할아버지에게서 귀에 못이 배길 정도로 천살문에 대해서 얘기를 들어 어느 정도 족보는 알고 있었다. 할아버지가 들려 준 천살문의 48대라면 최소한 1,500~1,600년 전 사람이어야 하기 때문이었다.

"왜 그리 놀라느냐? 내 스승님이 무무상인이신데 그분께서는 천살문의 47대손이셨다. 그러니 내가 48대손인 것이 당연하지 않겠느냐?"

"예에? 스승님께서 무무상인이시라고요?"

"그래, 그게 어쨌는데?"

"그, 그게 아니옵고…… 무무상인이시라면 저의 직계가 되기 때문입니다."

'이런 젠장, 어떻게 된 거야? 그럼 야는 명학이란 놈의 사손들 아냐?'

무무상인은 두 명의 제자를 거두었는데 그중 한 명이 강권이의 전생인 명철이었고, 또 하나는 명학이었다. 명철은 공주와 연애질하느라 제자를 거두어들이지 않았으니 강석천은 명학의 사손들이 맞을 것이다. 강권은 강석천을 거두어들여야 하나 아니면 내쳐야 하느냐를 놓고 고민하지 않을 수 없었다.

한참을 고민한 끝에 강권은 석천의 상이 그다지 나쁜 것 같지 않아 거두어들이기로 했다.

"너 말고 또 다른 천살문도는 있느냐?"

"저…… 그것이, 우리나라에서는 소손 말고 다른 천살문도는 없는 것으로 알고 있습니다. 무공을 가르쳐 주신 할아버지 말씀에 따르면 중국 흑도방파인 삼합회의 회주 중 하나가 우리 천살문의 무공을 계승했다고 하셨습니다."

"그렇다면 너는 제자를 거두어들일 생각은 없었느냐?"

"소손이 여식만을 둔 터라 차마 가르치지 못했습니다. 죄송합니다."

강권은 강석천의 말이 대충 이해가 갔다. 제대로 된 갑인신공이라면 남자가 익히건 여자가 익히건 아무런 문제가 없다.

하지만 갑인신공에 고목신공을 섞어 버리자 피부가 나뭇등걸 같아지는 폐해가 있어, 아비 된 입장에서 여아에게는 차마 전수할 수가 없었던 것이다.

"지금 너의 갑인신공은 엄밀히 말해서 완전한 갑인신공이 아니다. 아직은 고목신공의 영향을 완전 배제하지 못하기 때문이지. 만약에 제대로 된 갑인신공을 만들 기회가 있다면 조금 고통을 당한다고 해도 그 기회를 잡겠느냐?"

산전수전을 다 겪은 강석천이 강권의 말에 포함된 의미가 무엇인지 대충은 짐작이 갔다. 몸에서 고목신공의 기운을 완전히 빼기 위해서는 엄청 두들겨 맞을 것 같다는 것이다.

강석천은 제대로 된 갑인신공을 익히기로 결정했다.

"예, 태사조님. 그렇게 하겠습니다."

강권은 참나무 몽둥이를 11개 구해 오라고 하고, 참나무 몽둥이를 구해 오자 노옴이 캐 온 산삼을 먹인 다음에 강석천의 전신을 두들겨 패기 시작했다.

이 두들겨 패는 것은 고목신공의 기운을 빼는 외에도 혈도 타통(打通)의 묘용도 있었다. 혈도 타통으로 강석천은 반 갑자의 공력이 생겼고 대주천에 한 발 다가서게 되었다.

운기조식을 하고 난 후 이 사실을 안 강석천은 강권에게 큰절을 올리며 감사의 뜻을 표했다.

"뭐! 별거 아니다. 처음 만나는 사손에게 그 정도쯤이야 베푸는 게 당연한 것이 아니겠느냐? 참, 무극십팔기는 다 익혔느냐?"

"무극십팔기라 하시면?"

강석천의 표정을 보니 모르는 게 분명했다.

'이런 제기랄 놈들, 도대체 뭘 가르치고 배웠던 게야?'

"네가 알고 있는 사문의 초식을 펼쳐 보도록 하여라."

강권의 지시에 강석천은 마지못해 대답을 하고는 품세를 펼쳤다. 그런데 그것 역시 완전 짜깁기였다. 무당파의 태극 13세, 진가 태극권, 청성파의 대라산수 등이 골고루 섞여 있었다.

'아이고 두야. 이런 잡기들을 초식이라고 펼치고 있으니, 이것들을 어떻게 해야 하지? 어휴.'

무극십팔기의 묘용은 근육의 순발력과 파워를 동시에 높일 수 있다는데 있었다. 천살문의 내공심법들은 처음에는 내공을 쌓는 속도가 엄청 이라고 할 수 있을 정도로 더디다.

대신에 내공은 정순했고, 일정한 수위에 도달한 다음부

터는 기하급수적으로 내공이 쌓아진다. 또한 그 일정한 수위에 도달할 때까지 견딜 수 있게 만드는 것이 바로 무극십팔기였다.

부족한 내공을 빠른 스피드와 파괴력으로 대체할 수 있게 만드는 것이다. 강권이 총알을 잡아 낼 수 있었던 원동력이 바로 무극십팔기를 익혔기에 가능했다.

'이것들 순 사이비 아냐? 아니, 어떻게 그 중요한 무극십팔기도 가르치지 않을 수 있는 거지?'

이건 강권의 생각일 뿐이고, 명학의 생각은 달랐다.

천살문에서는 그 사람의 기운에 따라서 내공심법을 달리 전수해 주는데 명학은 그것도 생각하지 않고 똘똘하다는 이유로 무조건 제자로 삼고 무공을 전수했다.

사형인 명철이 망국의 공주와 사랑에 빠진 사이에 혼자 무림에 왔다 갔다 하면서 몇 차례 싸우면서 내공의 부족에 엄청 고전을 해야 했다. 그러다 보니 내공심법을 보완할 방법을 찾게 되었고, 초식이란 것도 주워 배웠다.

강석천의 선조는 이 시기의 명학에 무공을 배웠으니 내공심법도 엉망이었고, 엄청 중요한 무극십팔기는 아예 배우지 조차 못했던 것이다.

"혹시 이것은 알고 있느냐?"

강권은 이렇게 말하며 무극십팔기의 동작들을 하나하나

보여 주었다. 강석천은 강권의 동작을 보면서 이른바 한계 동작의 조합이라는 것을 알아볼 수 있었다.

한계 동작이란 인간의 신체구조로 펼칠 수 있는 극한의 동작들이다. 그 한계 동작들을 연달아 펼치는 것이 가능하게 만드는 것은 십팔 품세들이 연계하면서 미리 근육과 관절들을 풀어주고 있기 때문이었다.

요가같이 무식한 동작을 취하지 않으면서도 요가 이상의 유연성을 갖게 해 주고 저절로 발경을 익힐 수 있게 만드는 동작들이었다.

늦게나마 생활체육학과를 다니지 않았더라면 강석천이 아무리 많은 실전을 했더라도 알 수 없었을 것이다.

이렇게 강석천은 골수 강권맨이 되어 가고 있었다.

이경복은 강희복 경찰청장이 강권이 말했던 조폭 조직에 입맛을 다시고 있다는 것을 알자 크게 실망을 했다. 자신이 모시던 경찰청장은 지위에 연연하지 않을 것으로 알았는데 지위와 명예를 탐해 의리를 저버리는 인물이었기 때문이다.

아직 나이도 있는데 이대로 공직 생활이 끝이 된다는 게 불안해서 그랬을 수도 있을 것이라고 이해하려 했지만 이경복의 정서로는 도저히 이해가 되지 않았다.

'자신의 은인이나 다름없는 대통령의 뒤통수를 칠 생각까지 하다니……'

중이 절이 싫으면 절을 떠날 수밖에 없는 법이다.

결국 이경복은 과감히 사표를 던지고 변호사를 개업했다.

변호사를 개업했지만 강희복 경찰청장의 미움을 사서 일거리가 그리 많지 못했다. 일이 많지 않다 보니 남는 게 시간이었다.

이경복은 동생의 도장에서 운동으로 시간을 때우다가 문득 최강권이 생각나 강권을 찾았다.

최강권은 그를 반갑게 맞아 주었다.

"하하, 근일에 찾아오실 줄 알았습니다."

"최 이사, 정말 내가 찾아올 줄 알고 있었던 겁니까?"

그런데 이 젊은 친구는 대답을 하지 않고 빙그레 웃기만 했다. 이경복은 그 웃음이 너무 묘해서 마음이 동했다.

"최 이사, 어떻게 밥 좀 먹게 미림에 말해 주시겠소?"

"그거야 어려운 일은 아닙니다만. 저라면 쉴 때 푹 쉬겠습니다."

이경복은 강권의 말이 뭔가 현기를 품은 것 같아 자존심을 굽혀 가며 물었다.

"최 이사, 무얼 알고 있다면 말씀해 주시겠습니까?"

"제가 뭘 알겠습니까만…… 그냥 흘려들으시기 바랍니다."

이경복은 강권의 말에 조바심을 느끼고 귀를 기울였다.

"제가 보기에 아마도 차기 경찰청장은 이경복 씨가 아닐까 합니다. 그런데 특정 기업에 기대 돈을 받으면 우선은 달겠지만 나중에 문제가 될 가능성이 있습니다. 돈이야 먹고 살기에 궁하지 않을 테니, 이 기회에 잠시 인권 변호사나 좀 하고 계십시오. 그러면 좋은 기회가 생길 것입니다. 인권 변호사로 이미지를 깨끗하게 만들어 놓으시면 차기 경찰청장에 법무부 장관까지 하실 수 있을 것입니다. 그 기간 동안 업적을 쌓는다면 대통령까지도 가능하구요."

"예에? 그게 정말입니까?"

"이경복 씨의 사주는 일간이 경(庚)에 자(子)가 많아 오(午)를 충(充)하는 이른바 비천록마격(飛天祿馬格)을 구성합니다. 이는 부귀가 함께 따르고 명성을 크게 얻을 좋은 사주입니다. 게다가 호랑이 띠인 인(寅) 해에 태어났는데 이 인(寅)은 오(午)와 합(合)을 이루어 더욱 길하게 됩니다. 특히 이경복 씨의 복록을 가로채고 있던 인물과 떨어졌으니 앞으로는 제 복을 찾아 먹을 수 있을 것입니다."

"인권 변호사를 하라구요?"

"예. 조만간 인권 문제가 우리사회에 크게 이슈가 될 것입니다. 스스로 밑바닥에 있다고 생각하시고 이에 임하신다면 자체발광이 무슨 의미인지 깨닫게 되실 것입니다."

이경복은 강권의 말에 느끼는 것이 있었다.

'강희복이 무도 경관들을 차출한다고 하더니 이 친구가 제안한 것을 자기가 해 보겠다고 설치고 있는 것이 분명해. 조폭이라도 엄연히 국민의 일원인데 무리하게 닦달을 하다 사고치는 것이 분명할 거야.'

이경복의 생각대로 강희복은 무도 경관들을 동원해서 조폭들을 잡고 그들을 무리하게 회유하려 했다.

그런데 그런 무데뽀의 강경책은 필연 파탄을 불러일으키게 마련이어서 조폭들과는 아무런 상관이 없는 선량한 시민들이 피해를 입는 경우가 종종 발생했다.

그런데 강희복은 그런 사건을 무도 경관들에게 덮어씌우려다 오히려 무도 경관들의 집단 반발을 사게 되었다.

거기에 출세 지향주의자인 강희복에게 터진 최후의 카운터펀치는 용인 대학생을 사살하고 조폭으로 누명을 씌운 사건이었다.

최강권의 도움을 받은 이경복이 인권 변호사로 그 사태

를 원만하게 수습하니 차기 대통령이 그를 경찰청장으로 내정했다.

그 후 사법고시를 패스했으면서도 경찰에 오래 봉직했던 전력은 그로 하여금 법무부 장관으로 만들어 주었다.

모든 것이 강권의 말대로 이루어졌던 것이다.

제5장
주식회사 씨크릿 컴퍼니

"성 이사님, 어떻게 된 것입니까? 왜 그동안 일을 잘하고 있던 연구원들이 잇달아 사직서를 내는 것이지요?"

"한세 그룹에서 IT연구소를 새로 설립하겠다고 연구원들을 빼내고 있는 것 같습니다."

"한세 그룹에서요?"

"한세 그룹 회장의 셋째가 IT관련 회사를 차린다는 소문입니다."

한세 그룹은 70년대에 부동산에서 떼돈을 벌어 오퍼상인 한세 실업을 차려 기반을 잡는 것으로 시작했다.

그리고는 화학과 건설, 조선으로 발을 넓히더니 급기야는 생명공학과 제약 등에까지 손을 뻗혀 마침내 재계의 다크호스로 부상하고 있는 중이었다.

게다가 탄탄한 자본을 바탕으로 손을 뻗힌 분야마다 흑자를 이루어내서 재계 판도를 바꾸어 놓은 것으로도 유명했다.

김미진은 IT관련 회사를 차린다는 그 김철호와는 한 차례 악연이 있었다. 미림 초창기 시절 인맥을 넓히려고 오명희가 주최하는 파티에 참석을 했다가 하마터면 김철호에게 강간을 당할 뻔했었던 것이 바로 그것이었다.

파티를 주최한 오명희의 중재로 망신은 당하지 않았지만 그때 기억을 떠오르면 자다가도 벌떡 일어날 정도다. 그 사건을 거의 잊었다 싶었는데 김철호가 다시 도발을 해 오고 있는 것이다.

'이 인간에게 어떻게 복수를 하지?'

김미진은 한참 머리를 굴리다 문득 강권이 생각났다.

'강권 씨에게 월급이 나가고 우리 회사 사옥에서 살고 있으니 아직 우리 이사지. 그가 나서 주면 무슨 수가 생기지 않을까?'

김미진은 강권이 무식(?)해서 다른 것은 믿을 수 없었지만 사주를 보는 것과 싸움 잘하는 것만큼은 인정하고 있었다.

김미진은 강권이 김철호를 흠씬 두들겨 팼으면 하는 바

람을 가졌다. 그렇지만 한동안 소원했던 강권에게 직접 전화를 거는 게 쑥스러워 경옥에게 전화를 걸었다.

"경옥아! 너 어떻게 살고 있니? 어떻게 된 애가 집에서 놀고 있으면서 내가 전화를 하지 않으면 통 전화도 없나?"

—어! 미진아! 너 미국에 출장 갔다고 하더니 언제 돌아온 거야?

"며칠 됐어. 한 번 보자. 강권 씨도 보고 싶으니 같이 와."

—알았어. 강권 씨가 오후에 스케줄이 없으면 함께 갈게.

"어! 강권 씨, 어디 다녀?"

—어디 다니기는. 그냥 아르바이트지.

경옥이 말은 이렇게 했지만 강권은 특전사요원들에게 이미 훈련을 시켰고, 지금은 조폭들을 잡아다 순화(?)를 시키고 있는 중이었다. 또 조호명에게 교관 봉급을 받고 있으니, 아르바이트를 하고 있다는 말이 틀린 말도 아니었다.

그런데 순화를 시키고 있는 조폭들은 두 부류였다.

하나는 대외 과시용으로 청와대에 보여 주기 위한 부류였고, 다른 하나는 진짜 정예(?) 조폭들이었다. 이 정예 조폭들의 순화에 가장 공을 세우고 있는 사람은 물론 강석천이었다.

강석천은 북파 대원들 중 괜찮은 인물들을 포섭해서 데려왔고, 이들은 강권에게 충성을 맹세한 상태였다.

강권의 일은 이따금 조폭들에게 카리스마를 보여 주고, 백두대간을 돌아다니면서 각종 약초를 캐는데 주력하고 있었다. 물론 정작 약초를 캐고 있는 것은 노옴이었다.

3개월 안에 발경을 할 수 있을 정도의 고수를 만드는 훈련은 정말 장난이 아니었다. 그래서 강권이 바쁠 수밖에 없는 것이다.

"강권 씨, 오늘도 바빠?"

"나야 항상 바쁘지. 그런데 우리 옥이 공주님이 데이트하자고 하시면 어쩔 수 있나? 시간을 쪼개서라도 내야지."

"다름이 아니라 미진이가 좀 보재."

"옥아, 미진이 혹시 미국 쪽에 가 있지 않았었어?"

"어머, 자기가 어떻게 그걸 알아?"

"우리 공주님께서 나를 너무 홀수로 아시는 것 같은 걸. 미진이 걔는 중국이나 미국에 가지 않는 한 너무나 잘 풀려서 나하고 전혀 볼일이 없을 걸. 그만큼 잘 나간다는 말이지. 그런데 중국이나 미국에 가면 걔에게 좋지 못해. 미진이 걔는 보석인데, 보석이 불에 들어가면 어떻게 되지? 완전 가치가 없어지는 돌멩이가 되어 버려. 또 쇳덩이에 얻어맞으면 아무리 단단한 보석이라도 흠집이 생기게 마련이지. 결국 미진이한테 안 좋은 일이 생겨서 내가 보고 싶단 걸 거야."

경옥은 강권의 말에 자기 잘못을 깨달았다.

강권은 조금의 단서만 있으면 일의 시말을 모두 꿸 정도로 날카로운 판단력을 갖고 있는 것을 생각지 못한 것이다.

경옥은 자기 잘못을 솔직하게 시인을 하고 이해가 되지 않는 것에 대해서 물었다.

"자기야, 미안. 그런데 자기야, 홀수로 안다는 게 무슨 말이야?"

경옥이 진지하게 묻자 강권은 빙그레 미소를 지으며 말했다.

"홀수 한 번 읊어 봐."

"1, 3, 5, 7, 9······ 아! 띄엄띄엄 안다는 뜻으로 말한 거야?"

"크크크, 내가 생각해 낸 복고풍 개그야. 우리 옥이 공주라면 그 정도는 당연히 알 수 있을 것이라고 생각했는데, 아닌가?"

약속 장소에 도착하자 미진이 울분이 가득한 얼굴로 둘을 기다리고 있었다. 강권은 문득 바나나가 스트레스 해소에 그만이라는 것이 생각나 잠간 나갔다 오겠다고 하고 는 바나나를 사 왔다.

그리고 미진이에게 바나나를 건네면서 말했다.

"미진 씨, 이 바나나를 먹어 봐. 스트레스 해소에는 바나나가 그만이거든. 너무 스트레스가 쌓이게 되면 기가 쇠하게 되고, 그렇게 되면 일이 더 풀리지 않아 스트레스가 더 쌓이게 돼. 세상의 모든 일은 얼마만큼 냉정을 유지할 수 있느냐에 따라서 성패의 절반이 달렸어. 아무리 운이 좋고 뛰어난 사람이라고 하더라도 냉정을 유지하는 사람을 상대하기는 쉽지 않지. 평정심을 유지하는 것이야말로 세상을 살아가는 등대가 아닐까 해."

미진은 퍼뜩 느껴지는 것이 있어 심호흡을 했다. 그러자 우울한 기분이 좀 풀어지는 것 같았다.

"내가 언제 미진 씨는 보석이라고 했던 적이 있을 거야. 그런데 명리학상으로 보면 이 보석은 쇠 중에서도 신금(辛金)에 속해. 반면 미국은 경금(庚金)이지. 신금인 보석은 단단한 바위, 가공되지 않는 쇠를 뜻하는 경금과 함께하면 좋지 않아. 쇠와 쇠가 부딪히면 당연히 큰 소리가 나고 종국에는 약한 쇠가 부러진다는 이치지. 미국과의 일은 되도록 성 이사에게 맡기면 좋은데, 이번 일은 미진 씨가 우겨서 갔을 거야."

"강권 씨가 어떻게 그걸 알아요?"

"아무리 생각해도 미진 씨가 날 찾을 일은 그것밖에는 없는 것 같았거든."

"그럼, 어떻게 하면 좋겠어요?"

"우리 회사의 고객이 된다면 기꺼이 해결해 주겠어."

강권은 이렇게 말하며 [주식회사 씨크릿 컴퍼니]라고 적혀 있는 명함을 미진이에게 건네주었다. 명함을 건네주고 난 다음부터 강권의 말투는 존대 말투로 바뀌어졌다. 인간 김미진에서 고객 김미진으로 다르게 상대하겠다는 심산이었다.

"어머, 강권 씨. 언제 이런 회사를 차렸어요?"

"차린 지 얼마 안 됩니다. 미진 씨가 우리를 고용하면 첫 손님이니까요."

"그래요? 그런데 씨크릿 컴퍼니가 어떤 회사지요?"

김미진은 명함을 앞뒤로 보면서 고개를 갸웃거리며 물었다. 명함에 회사에 대한 정보가 아무것도 없으니 그녀로서는 당연한 행동이었다.

강권은 빙그레 미소를 지으며 회사에 대해서 설명했다.

"미진 씨 회사인 미림과 같은 성격이라고 보시면 됩니다. 다만 다른 점이 있다면 미림은 온라인으로 해결하는데 우리 씨크릿 컴퍼니는 오프라인으로 해결한다는 점이 다르지요. 조금 전문성을 띤 심부름센터나 해결사라고 보시면 될 것입니다."

김미진은 강권의 설명에도 불구하고 도무지 이해가 되지 않아 연신 고개를 갸웃거리다가 다시 물었다.

"강권 씨, 좀 구체적으로 말해 주실 수 없을까요?"

"하하, 그야 어려울 게 없지요."

강권은 이렇게 말하고는 암암리에 [사일런트] 마법을 펼치고는 말을 이었다.

"고객을 위해서 정보를 수집하고, 현안 문제를 대행해 주는 법집행 대행 사업입니다. 우리 회사는 법으로 해결을 할 수 없는 사건만 맡는다는 게 특징입니다. 말하자면 고객이 법으로 호소해서 만족을 얻을 수 없는 경우에만 맡는다는 것이지요. 우리 회사의 장점은 고객의 만족을 위해서는 불법도 불사한다는 것입니다. 물론 고객에게는 전혀 피해가 가지 않게 처리하지요. 우리 이사 중 한 사람의 프로필을 본다면 어느 정도는 신뢰하실 수 있으실 것입니다."

강권은 여기까지 말하고는 가지고 온 바인더에서 한 사람의 이력서를 꺼내 미진에게 보여주었다.

미진은 얼떨결에 이력서를 받아서 읽었다.

눈에 띄는 대목은 북파 16회라는 부분이었다.

'어! 이게 뭐야?'

미진이 의구심이 가득한 눈으로 쳐다보자 강권은 기다렸다는 듯 말해 주었다.

"미진 씨가 보신 대로 우리 이사 중 한 사람은 HID 북파 부대 후신인 국군 정보사 특수부사관으로 20년을 복무한 사람입니다. 그만큼 능력이 뛰어나다는 것입니다. 우리 씨크릿 컴퍼니의 능력이 조건만 맞는다면 백악관의 금고를 털어 오라고 해도 털어 올 수 있을 정도라면 더 말이 필요 없겠지요."

"그럼……."

"기가 센 사람은 능히 운명을 극복할 수 있는데 미진 씨의 기가 조금 약해졌더군요. 그리고 얼굴에 수치심과 근심이 나타나 있고요. 그것은 미진 씨와 회사에 동시에 좋지 않은 일이 발생했다는 것이겠지요. 그렇지 않습니까?"

"예, 그래요. 강권 씨, 사람을 죽여 달라고 해도 죽여 주시겠습니까?"

"죽을 짓을 했다면 죽여 줄 수 있긴 하지만, 여기에는 몇 가지 예외가 있습니다. 우선 법으로 해결을 볼 수 있으면 청부를 받지 않습니다. 정치와 크게 관련이 있는 자는 불가. 우리나라 경제에 큰 영향을 미칠 사람은 불가. 죽을 운명이 아닌 자는 불가. 죽을 짓을 했지만 개전의 정이 뚜렷하거나 실수로 잘못을 저지른 자는 불가. 대충 이런 예외 조항이 있습니다. 하지만 이 경우에도 죄질 여하에 따라서 죽이지는 않더라도 불구로 만들어 드릴 수 있습니다.

예컨대 대기업 회장이 강간을 해서 증거 조작 등의 사유로 사실상 법에 호소하기가 불가능한 사안인 일 경우에는 죽이지 않은 대신에 발기 불능 정도는 만들어 줄 수 있다는 것입니다."

미진은 강권이 마지막으로 말한 예가 가장 마음에 들었다. 강권 또한 미진이 마음에 들라고 그런 예를 들었기도 했다.

"그럼 청부금은 얼마나 지불해야 하나요?"

"통상 청부를 수행하면서 드는 경비 전액과 청부로 인해 받을 이익의 반을 청부금으로 받는데 그동안 미진 씨에게 신세진 것도 있고 해서 이번만큼은 특별히 서비스로 해 드리겠습니다."

강권이 이처럼 무보수로 하겠다는 것은 일을 처리하면서 엄청 이득을 얻는다는 것을 알았기 때문이라는 것을 미진은 알지 못했다. 경옥이가 강권이 자신을 위해 자신의 친구에게 무보수로 일해 준다고 생각하게 한다는 것도 망외의 소득이라면 소득이었다.

또한 미진이 빚을 지고 나몰라라하는 사람이 아님을 알고 있었고, 돈에 관한한 그녀의 배포가 자신보다 크다는 것도 계산속에 포함이 되어 있었다.

한푼이라도 더 벌겠다는 얄팍한 계산이 아닐 수 없었다.

❖ ❖ ❖

　강권은 강석천을 불렀다. 강석천은 씨크릿 컴퍼니에서 강권을 제외하고는 가장 뛰어난 능력자였다.

　강석천이 오자 강권은 명령을 내렸다.

　"강 이사, 씨크릿 1팀을 붙여 줄 테니까 한세 그룹에 대해서라면 뭐든 전부 알아 오게. 그룹의 시발, 성장 배경, 최근 동향은 물론이고 회장과 그 직계의 사생활까지 수집할 수 있는 것은 전부 수집해 오도록 하게. 내가 쓴 교안(敎案)의 사건 유형별 접근법을 적용한다면 크게 어려운 점은 없을 거야. 알겠나?"

　"예, 알겠습니다. 사장님."

　씨크릿 컴퍼니는 모두 10개 팀이 있는데 그중 1~3팀은 지능 범죄 전담반이었다. 씨크릿 컴퍼니의 주요 고객은 개인이 아니고 회사다. 그런데 어떤 회사를 파악하는 데 가장 유용한 자료는 돈의 흐름이다. 그래서 각 팀에는 각각 10명의 행동 대원 외에 지원 조직으로 해커, 회계사, 법무사도 포함이 되어 있었다.

　씨크릿 1팀이 조사해 온 자료에 따르면 한세 그룹은 김경동 회장이 70년대 부동산 붐으로 돈을 벌어서 시작한 한세 실업이 효시다. 한세 실업은 겉으로는 일본에서 전기, 전자 제품을 수입해 와서 팔고, 국내 농수산품을 일본에 팔아 돈을 벌었다.

그런데 그것은 겉으로 드러난 것뿐이고 실상은 각종 밀수품으로 떼돈을 벌었다. 그 후 밀수가 어려워지자 계명화학이란 회사를 빼앗듯이 사더니, 이후 조선, 전기, 전자 분야에 발을 넓히기 시작했다.

이처럼 한세 그룹의 성장 전략은 기술을 개발하기 보다는 어느 정도의 적당한 기술을 가진 회사를 병합하고, 일본에 로열티를 주면서 회사를 키우는 것이었다.

그리고 마침내 생명공학 연구소를 설립하고 제약 회사를 차리면서 그룹이란 명칭을 사용하기 시작했는데 현 자산 총액은 13조 5천억 재계 순위는 25위다.

그리고 김경동 회장은 세 명의 부인으로부터 3남 4녀, 총 7명의 자녀를 두고 있는데 유비 통신에 따르면 해외 현지처까지 따져 총 10명의 부인에 12명의 자녀를 두고 있다고 한다.

김경동 회장의 자녀 중에 최고 실세는 셋째인 김철호였다. 김철호가 실세가 될 수밖에 없는 이유는 모친인 서경숙이 부동산 재벌의 무남독녀였는데 김철호는 서경숙으로부터 막대한 재산을 상속받았기 때문이었다.

강권은 한세 그룹에 대해서 어느 정도 파악을 하자 김

철호를 타깃으로 삼고 그를 집중적으로 조사하도록 했다.

❖　❖　❖

청담동 클럽 카이저.

멤버십 클럽이어서 멤버가 아닌 사람은 들어갈 수 없다.

그런데 이곳 클럽 카이저의 멤버가 될 수 있는 자격 조건에 연봉 2억 이상, 30세 이하라는 조건이 달려 있기 때문에 현실적으로 VVIP가 아니고는 멤버조차 될 수 없었다.

그 청담동 클럽 카이저에 이탈리아 최고급 수제 양복인 BOGGI를 빼입은 청년이 들어섰다. 발음이 차마 입에 담지도 못할 만큼 너무나 야시꾸리해서 우리나라에서는 런칭조차 하지 못했지만 세계 최고의 수제 양복이라는 것은 알 사람은 다 알고 있었다.

그런 고급 양복을 빼입었다는 것만으로도 그 청년은 출입자격이 충분해 보였다.

"실례지만 우리 카이저의 회원이십니까?"

"아니, 카이저가 물이 좋다고 해서 회원이 되려고."

"그러십니까? 이 멤버십 컨디션에 통과되어야 한다는

것쯤은 알고 계시겠지요?"

"앱솔루를리."

매니저는 되도 않게 혀를 굴리고 있는 청년에게 어린 싸가지라고 내심 한바탕 욕을 해 주고는 신청서를 내밀었다.

신청서에 쓰는 곳은 몇 군데 없었다.

성명, 주소, 생년월일, 카드넘버 그리고 기타 수입란이 전부였다. 청년은 대충 휘갈겨 주고 매니저에게 넘겼다.

매니저는 그걸 보더니 조심스럽게 말했다.

"저어, 최 이사님, 이사님께서는 플래티넘 멤버는 자격이 안 되시고, 골드 멤버는 되시겠군요."

"뭐야? 내가 왜 플래티넘이 안 된다는 거지?"

청년이 기분이 상했다는 듯 따져 묻자 매니저가 조심스럽게 답변을 했다.

"저, 죄송하지만 플래티넘 멤버는 자기 자산이 최소 100억 이상이어야 하든지, 아니면 연수입이 10억 이상이어야 합니다. 그리고 플래티넘 멤버와 골드 멤버의 혜택은 사실 큰 차이가 없습니다."

"이런 씨, 하나마나한 소리는 왜 해? 큰 차이가 없다는 것은 곧 차이가 있다는 소리 아냐? 도대체 그 차이가 뭔데?"

"연 1회에 한하여 카이저피아 룸의 일일 주인이 되실 수 있느냐 그렇지 않느냐, 그 차이 뿐입니다."

"카이저피아 룸?"

"예. 플래티넘 멤버께서는 일 년 중 하루에 한해서 완전 황제가 될 수 있다는 거죠."

"호오, 그래? 나 그거 하고 싶어. 자, 이걸 줄 테니 나 플래티넘으로 해 줘."

매니저는 부모 잘 만나서 23살이란 어린 나이에 이사 직함을 단 싸가지에게 엄청 울분을 느끼고는 한마디 해 주려다 수표에 그려져 있는 동그라미 개수를 보고 기함을 하지 않을 수 없었다.

"억! 처, 천만 원."

"그래. 나 플래티넘으로 만들어 주면, 이거 자네 거야."

어린 싸가지는 그렇게 말하면서 천만 원짜리 수표를 서영환이라는 이름표 바로 위에 있는 주머니에 꽂았다.

팁으로 백만 원짜리 수표를 받은 매니저는 더러 있었지만 아직까지 천만 원짜리 수표를 받은 매니저는 단 한 명도 없었다.

서영환은 눈을 찔끔 감고 연수입란에 1자를 하나 더 기입했다. 연수입이 5억에서 15억이 되었으니 플래티넘 멤버 자격은 충분했다.

"연회비를 어떻게 납부하시겠습니까?"

"연회비? 얼마야?"

"플래티넘 멤버의 연회비는 5,000만 원입니다."

'무슨 연회비가 5,000만 원이나 한다는 거야.'

강권은 배알이 꼴렸지만 아무 내색을 하지 않고 시큰둥하게 물었다.

"그래? 그럼 골드는 얼마야?"

"골드 멤버의 연회비는 1,000만 원입니다."

"하도 카이저, 카이저 해서 엄청날 것이라고 생각했는데 뭐 별거 아니네. 그런데 말이야. 자고로 사내는 현찰이 있어야 힘이 생기는 법이잖아. 그래서 말이지 내가 가진 게 이것밖에 없어서 현찰은 안 되겠고, 할 수 없이 계좌이체로 할 수밖에. 계좌이체 되지?"

매니저 서영환은 최강권이란 핏덩이의 지갑에 자기에게 건넨 수표와 같은 수표가 최소한 10여 장이 더 있는 것을 보았다.

방금 찾은 것처럼 빳빳하니 그 이상일 수도 있을 것이다.

'허걱, 억이야? 2억이야?'

서영환은 눈이 뒤집어졌지만 최대한 침착한 목소리로 말했다.

"예, 여기에 계좌번호를 적어 주시겠습니까?"

"그러지 뭐."

강권은 계좌번호를 적어 주고는 서영환에게 말했다.

"참! 이곳에도 포커판이 있나? 잔챙이 말고 말이야."

"요새는 포커보다는 고스톱을 더 선호합니다."

"고스톱? 얼마짜리?"

"점 10만부터 시작하는 것 같았습니다."

"알았어. 한 번 자리를 마련해 봐. 따면 개평 줄게."

"예, 잠시만 기다리십시오."

물론 강권이 여기에 온 것은 김철호가 여기 자주 출입한다는 정보를 입수하고 그에게 선전포고를 하기 위해서였다.

또한 김철호가 고스톱 광이라는 것도 알고 있었고 고스톱을 치러 오는 날이 오늘이라는 것도 알고 있었다.

"이봐! 왔으면 인사부터 하지."

"아! 그러지. 나 최강권이야. 이름처럼 엄청 주먹이 세지. 앞으로 잘 지내자고."

강권의 말에 강권을 투명인간 취급을 하고 있던 세 명의 귀공자들이 입가에 묘한 미소를 달고 흘끔 쳐다보았다.

마치 재미있는 장난감을 보았다는 듯, 딱 그런 식이었다.

그뿐이었다. 그걸 가만 보고 있을 강권이 아니었다.

"호, 웃긴 놈들이네. 인사하자며? 그런데 말을 씹어?"

"뭐야? 이 자식이? 감히 미림의 이사 따위가?"

자리를 주선하면서 매니저 서영환이 발설한 모양이었다. 부러 발설하라고 미림의 이사 직함을 적었으니 작전 성공이었다.

강권은 아무런 내색도 하지 않고 시큰둥하게 말했다.

"미안, 본인이 겨우 미림의 이사 따위에 불과해서. 그러는 너는 뭐하는 자식이니?"

"뭐야? 이 자식, 너 죽고 싶어?"

이렇게 말하는 명일영은 자본금 5조 8천억으로 재계 순위 50위인 유진 통상의 후계자였다. 미림의 자본금이 겨우 1천억이니 유진 통상에 비하면 구멍가게나 다름없었다.

게다가 총괄이사라는 전대미문의 직함이니 이사 자격은 안 되는데 어찌어찌하다 겨우 이사를 꿰어 찼을 게 분명했다.

그런 녀석이 까불고 있다는 것이 명일영으로 화가 치밀어 오르게 만들고 있는 것이다.

사실 사교계에서 재계 순위는 지위의 우열과도 관련이 있었다. 재계순위가 낮으면 국으로 잠자코 처분만 바라야 하는 것이다.

따라서 이 자리에서는 한세 그룹의 김철호가 좌장이나 다름없었고, 김철호의 비위를 거스르면 안 되는 게 불문율이었다.

그런데 그 버르장머리 없는 핏덩이는 전혀 그러지 않았다.

"하! 죽고 싶냐고? 너 귀 먹었어? 나 최강권이야. 싸움이라면 자신 있다고. 못 믿겠으면 덤벼 보던지?"

"뭐야? 이 자식이, 보자 보자 하니까, 정말 해 보겠다는 거야?"

명일영이 방방 뛰었지만 김철호의 한마디에 다소곳해졌다.

"일영아! 잠자코 있어. 이 자리는 말싸움을 하는 자리가 아니고 돈 놓고 돈 먹는 자리야. 패나 돌려."

명일영은 김철호가 무슨 의도로 그런 소리를 했다는 것을 잘 알고 있었다. 한마디로 짜고 고스톱을 하겠다는 것이었다.

"예, 알았습니다. 형님."

강권이 바라던 바였다. 사실 강권은 고스톱은 처음이지만 타짜에게 특별 강습을 받았기 때문에 아마추어들과 고스톱을 쳐서 잃을 일은 없다는 생각이었다.

'홀랑 벗기면 어떻게 나올라나?'

김철호는 자신의 이익을 위해서는 남을 전혀 배려하지 않는 한마디로 간웅(奸雄)의 상이었다. 그 점이 더 흥미로웠다.

강권은 화투의 재질이 보통이 아니라는 것을 보고 흥미가 동한다는 듯 화투장을 만지작거리며 말했다.

"이 화투는 어디서 파는 거야?"

"촌스러운 놈. 이 화투는 우리 형님께서 특별히 제작한 거야. 특수 아크릴 필름에 국선 입상 화가가 직접 그린 거야. 한 장을 사려면 네 녀석은 최소한 서너 끼는 굶어야 할 걸."

"그래?"

강권은 시큰둥하게 말하더니 혼자 무어라고 구시렁거렸다.

"별 미친놈들 다 보겠네. 할 지랄이 없어 화투짝에 돈 지랄들이야?"

그런데 혼자 중얼거린다고 중얼거리는데 목소리가 큰 것인지 아니면 일부러 도발을 하려는 것인지 옆에서 다 들렸다.

"뭐라고?"

"아니, 어서 패나 돌리라고. 그런데 점 100인가?"

"뭐야? 이 쫌생아! 우릴 어떻게 보고 겨우 점 100이야?"

"그럼 점 얼마야?"

"최소한 점 10만은 돼야지?"

"허! 겨우 그 정도야? 이거 실망인데. 점 100이라는 게 100만을 가리키는 거였거든. 초등학생도 점 1,000을 치는 판국인데 우리 같은 VVIP들이라 굳이 만 자를 넣을 필요가 있을까 해서 말이야. 나는 최소한 점 100만은 생각했었는데. 쩝, 잔챙이 판에 끼어 마라? 젠장, 기왕 끼었으니 조금만 놀다 가지 뭐."

강권이 들으라고 구시렁거리는 소리에 명일영의 안색이 확 달아올랐다. 별 시답지 않는 녀석에게 잔챙이라는 소리를 듣다니 명일영으로서는 자존심이 엄청 상하지 않을 수 없었다.

명일영이 김철호의 얼굴을 쳐다보는 눈길이 묘했다. 판을 키우자는 의미일 것이다.

김철호 역시 같은 생각이었다. 어차피 짜고 치는 고스톱이니 잃을 일은 없을 것이다. 눈빛을 교환한 명일영이 소리쳤다.

"좋아, 후회하지 마. 점 100만으로 하지."

"고고씽."

강권은 기다렸다는 듯 지갑에서 수표를 꺼내 탁자 위에

놓으며 말했다.

"뭣들 해? 다들 꺼내 놔. 자고로 오고가는 현찰 속에 밝아지는 신용 사회 아니겠어?"

명일영은 오늘 놀려고 2천만 원을 준비했는데 강권이 꺼낸 수표를 보니 꺼내 놓기가 민망했다. 강권이 탁자 위에 놓은 돈은 1,000만 원짜리 수표로 20장 정도는 되어 보였기 때문이다.

그래서 화장실을 가는 척하고 급히 클럽 내에 있는 대전소(貸錢所)에 가서 차용증을 쓰고 신용 한도인 3억을 차용했다.

이렇게 해서 판돈이 10억이 넘는 고스톱 판이 벌어지게 되었다.

패가 돌리고 선을 뽑았는데 김철호가 선이었고 맞은편에 앉아 있는 강권은 세 번째였다. 두 번째로 앉은 녀석이 패를 보지도 않고 죽었다.

그러니까 순서는 김철호가 선이었고, 명일영이 말이었다.

강권의 예상대로 명일영은 자기가 먹을 패가 있는데도 전혀 먹지를 않고 무조건 내주고 있었다.

'흐흐, 그렇게들 해 봐라.'

강권은 시작을 하기 전에 화투를 보는 척하면서 마킹을 해 두었기 때문에 뒷면만 보면 무슨 패라는 걸 다 알고 있었다. 그리고 기리패를 뒤집는 척하면서 고를 하면 바로 독박을 쓰도록 조작을 해 놓았기 때문에 여유만만 이었다.

엄청난 동체 시력에 사진기 같은 기억력을 갖고 있는 강권이 아니라면 도저히 할 수 없는 수작이었다.

아니나 다를까 김철호는 청단으로 점수를 나고 고를 했다.

둘이 슬쩍슬쩍 보여 주면서 치는데 광을 두 개 먹은데다 명일영의 손에 광이 세 장이 더 있었다. 완전 5광 찬스였기 때문에 고를 하지 않을 수도 없었다.

'하하하, 지금부터 설사의 시간이군. 똥광에다 쌍피 두 개까지 얹어서 싸겠지.'

김철호는 똥 광에다 쌍피 두 개까지 얹어서 싸고는 인상이 구겨졌다. 강권은 보란 듯이 김철호가 싼 것을 먹고 멍텅구리 1점, 피 2점, 이렇게 단숨에 3점이 되었다.

"하하, 못 먹어도 고."

'다음 쌀 것은 팔 광.'

강권의 생각대로 명일영은 들고 있는 광을 내줄 수밖에 없었고 김철호는 또 쌌다.

"하하하, 나이가 어려 싸시나? 아니면 저녁을 잘못 드셨나? 또 한 번 돌아 주세요."

명일영은 지금 시점에서 김철호가 점수를 낼 수 있는 길은 광으로 점수가 나는 것뿐이니까 비 광을 내줬다.

어차피 김철호가 독박은 쓴 상태고 자기 돈은 나가지 않으니까 아무 부담이 없었다.

강권은 비 광을 먹고 쓰리고를 했다.

이렇게 해서 총 15점이 났는데 김철호는 멍따에 피박, 명일영은 광박에 멍따, 피박까지 썼다.

김철호는 독박을 써서 졸지에 7천 5백만 원이란 거금을 날렸다.

강권이 선을 잡자 둘은 아무리 짜고 쳐도 도저히 상대가 되지 않았다. 번갈아 가면서 광박에 피박을 당하면서 순식간에 3억을 몽땅 날리고 광을 팔고 있는 김도수에게 1억씩 빌려 그것마저 날렸다.

둘이 합해서 8억 몇 천만 원을 순식간에 날려 버린 것이다.

"어떻게 더 하시겠수?"

"이 자식, 계속 약 올릴 거야?"

"하! 이거 왜 그러시나? 나, 최강권이라니까? 주먹 엄청 세다고."

"이익."

명일영은 더 이상 참지 못하고 자리에서 일어섰다.

김철호도 더 하고 싶은 마음이 없어 자리에서 일어서자

판이 그대로 깨졌다. 이로써 강권은 6천만 원을 투자해서
무려 9억 원에 가까운 돈을 벌었다.

'하하, 제대로 약을 올려 주었으니 이제 좀 더 과감하
게 나오겠지? 그러다 보면 파탄이 날 테고.'

강권이 김철호를 약 올렸던 것은 그런 의미도 있었다.

제6장
멍청한 놈.
나 최강관이라고 몇 번 말했어?

녀석들이 약이 바짝 올라 가 버린 후에도 강권은 한참 카이저의 이곳저곳을 기웃거리며 돌아다녔다.

클럽 카이저는 평범해 보이는 오층 건물의 네 개 층을 쓰고 있었는데 겉은 평범했지만 속은 전혀 평범하지가 않았다.

수입 대리석과 수입 타일들로 도배되어 있었고, 하다못해 문 손잡이도 우리나라에서는 쉽게 보지 못하는 것들뿐이었다.

'쓰벌, 완전 외제로 도배를 했군. 이 쓰레기 같은 것들.'

네 개 층에는 칵테일 바, 카페, 레스토랑, 노래방, 테크

노 바, 수면실 등등 온갖 편의 시설들이 있었고 웨이트리스들은 눈에 확 띄는 미녀들이었다.

'회원비로 거금을 받을 만하군. 그런데 도대체 회원이 몇 명이나 되는 거야? 멤버십이 된 기념으로 카이저피아 룸에나 한 번 가 볼까?'

강권은 카이저피아 룸이 어떻게 생겼을까 궁금해서 매니저 서영환을 찾았다.

"회원님, 찾으셨습니까?"

"으응, 찾았으니까 왔을 거 아냐? 카이저피아 룸을 한 번 가 보려고."

"저, 회원님, 죄송합니다만 카이저피아 룸은 최소 일주일 전에는 예약을 하셔야만 하는데요. 예약을 해 드릴까요?"

"아니, 어떻게 생겼나 한 번 구경이나 해 보려고."

"아! 그러셨군요. 그러시다면 방법이 있죠."

서영환은 강권을 매니저 룸으로 안내를 했다. 그리고는 컴퓨터로 카이저피아 룸 곳곳이 촬영된 화면을 보여 주었다.

카이저피아 룸은 말이 룸이지 4층 전체였다. 그렇지만 1~3층의 시설과 별반 다른 게 없어 보였다. 다만 피트니스 룸이 구비되어 있는 것이 특이하다면 특이했다.

강권이 화면을 보고 시큰둥한 표정을 짓자 서영환이 웃

으며 말했다.

"회원님, 카이저피아 룸이 차별화되는 것은 시설에 있지 않습니다. 그 서비스에 있지요. 카이저피아 룸에 묵으면 하루 동안 텐프로에 못지않은 미모의 어린 미녀에게 풀 서비스를 받을 수가 있습니다. 어떤 서비스를 받느냐는 회원님 본인이 결정할 사항이고요."

"어린 아가씨에게 풀 서비스를 받는다고? 볼 수 있을까?"

"회원님은 플래티넘 멤버시니까 당연히 보실 수 있습니다. 잠간만 기다려 보십시오."

서영환은 인터폰을 들어 가능하냐고 묻더니 강권에게 말했다.

"회원님, 아가씨들을 보시고 예약을 하시겠습니까?"

"일단 한 번 보고."

"예, 저를 따라 오십시오."

서영환은 강권을 카이저피아 룸 전용 엘리베이터로 안내를 하고는 올라가라고 했다.

"같이 안 가는 거야?"

"카이저피아 룸은 룸 소속의 직원들만 올라갈 수 있습니다. 올라가시면 안내하시는 매니저가 따로 있을 것입니다."

"알았어. 수고했어. 자, 개평."

강권은 천만 원짜리 수표 한 장을 꺼내서 서영환의 주머니에 꽂아 주었다.

F층에 도달했다는 차임벨 소리와 함께 문이 열리자 정장 차림의 우아한 미시가 맞아 주었다.

"어서 오십시오. 회원님, 카이저피아 룸 전담 매니저 도도희입니다."

"나는 최강권."

도도희는 시큰둥한 강권의 반응에도 여전히 웃으며 안내했다.

그녀가 강권을 데려간 곳은 10여 명의 아가씨들이 모여 있는 커다란 거실이었다. 아가씨들은 도도희가 다가가자 마치 사열을 받는 것처럼 일렬로 쭉 정렬을 하는 것이었다. 도도희는 아가씨들을 지나칠 때마다 아가씨의 프로필을 쫙 읊었다.

놀라운 것은 아가씨들 중 한 명만 스무 살이고 나머지는 전부 10대 후반이라는 것이었다. 심지어는 미성년자인 17살짜리도 있었다.

12명의 아가씨들을 전부 보자 도도희는 강권에게 한 명을 지목하라고 했다.

"지목하면 어떻게 되는 건데."

"1주일간 회원님을 맞을 준비를 하게 합니다."

"나를 맞을 준비를 하게 한다고?"

"예. 회원님, 회원님께 최상의 서비스를 할 수 있게 만반의 준비를 시킵니다."

강권은 다시 한 번 쭉 돌아보면서 아가씨들의 관상을 보았다.

하나같이 기생 관상이었다. 강권은 아가씨들 중 제일 나은 아가씨를 지목했다. 18살인 송예리나라는 아가씨였다.

예리나는 강권의 지목을 받자 얼굴이 홍당무가 되면서도 추파를 던지는 것을 잊지 않았다. 그 모습이 영락없는 기생이었다.

강권은 문득 관상감 정첨이었던 전생에서 동기에게 머리를 올려 주었던 것이 떠올랐다.

'설마, 그런 것은 아니겠지?'

설마가 사람 잡는다는 말처럼 그 설마가 맞았다.

도도희의 설명에 따르면 이 아가씨들은 전부 처녀들이었고, 지목한 사람과 하룻밤을 보낸다는 것이었다. 처녀를 취하건 그러지 않건 순전히 지목한 사람의 자유였고, 아가씨들은 지목한 사람이 어떤 요구를 해도 거절하지 않는다는 것이었다.

플래티넘 멤버와 하룻밤을 보내게 되면 그 아가씨는 카이저피아 룸에서 나가야만 한다고 했다. 그럼 지목을 한 사람이 이후의 생활을 보장해야 한다는 것이었다.

'완전 동기 머리 올려 주는 거네.'

따지고 보면 VVIP들만의 탈법적인 매춘이었다.

'골드 멤버의 회비보다 4,000만 원이 많은 이유가 있
군. 쓰벌 자식들, 부모 잘 만나서 별 지랄 다하고 있군.'

강권은 도도희에게 수표 한 장, 예리나에게 수표 한 장
을 주고는 가겠다고 하자 도도희는 엘리베이터로 안내를
하면서 1주일 후에 예약이 되었으니 그때 보자고 했다.

"예약이 된 거라고?"

"예, 회원님. 회원님께서 그 아이를 지목하는 순간 이
미 예약이 된 것입니다."

"만약 그날 내가 오지 않으면 어떻게 되지?"

"어떻게 되기는요. 회원님의 플레티넘 멤버십의 특권은
사라지는 거죠."

"내 얘기는 그게 아니고, 그 아이는 어떻게 되냐고?"

"그 아이는 여기서 쫓겨날 뿐입니다."

"여기서 쫓겨난다고?"

"예. 그 아이는 회원님께 지목을 당했으니 회원님께서
그 아이의 평생을 책임져야 합니다. 그것이 회원님의 품
위가 유지되는 길이고요."

'젠장, 완전 젠장맞을이다. 어떻게 해야 하나?'

"지금 당장 그 아이를 데려가는 것은 안 됩니까?"

"그것은 안 됩니다. 그날 데려가는 것은 무방하지만요."

'제기랄, 완전 똥 밟았군. 똥 밟았어. 천생 그날 데려 가야겠군.'

 강권은 예리나를 홍태희에게 부탁하는 게 좋겠다는 생각이 들었다. 예리나는 나이도 어리고 홍태희 못지않은 끼를 가졌으니 예리나가 원하면 배우나 탤런트를 시키면 홍태희 못지않은 스타가 될 수 있을 것도 같았다.

 강권이 클럽 카이저를 나와 애마를 타고 언주로를 달리자 네 대의 승용차가 강권의 애마를 에워쌌다. 순간 느껴지는 것이 있었다. 김철호와 명일영이었다.

 "찌질한 자식들, 명색이 재벌 그룹 후계자란 놈들이, 돈 몇 푼 잃은 게 죽으려고 별 쇼를 벌여야 할 만큼 아까웠나? 잔챙이들 같으니라고. 그나저나 기대에 부응을 해줘야겠지."

 강권은 씨크릿 6팀장을 불러 상황을 설명하려 했는데 전혀 그럴 필요가 없었다. 씨크릿 6팀은 이미 10여 대의 승용차를 동원해서 김철호와 명일영 일행의 외곽을 포위하고 있었기 때문이다. 강권이 클럽 카이저에 들어가서 나오지 않자 씨크릿 6팀이 총출동했던 것이다.

 씨크릿 6팀장은 이 일대를 장악하고 있는 주먹이기 때

문에 클럽 카이저 내에도 이목이 있어 강권과 김철호 일행 사이에 벌어졌던 상황을 파악하고 미리 대비하고 있었던 것이다.

"천 팀장, 청계산 일대에 으슥한 곳 알고 있어?"

—예. 어르신.

씨크릿 팀원들이 강권을 부르는 호칭은 강석천을 제외하고는 전부 어르신으로 통용되었다. 이들은 전부 천살문의 문도였고, 강석천의 제자들이었기 때문이었다. 원래 강석천도 강권을 어르신이라고 불렀는데 강권이 사장님이라고 부르라고 했다.

그만큼 강석천을 존중한다는 강권의 배려였다.

"일단 그리로 가자고."

—예. 어르신.

김철호는 십여 대의 승용차가 자기들 차량을 에워싸자 안색이 변하며 112에 신고를 하려했다.

하지만 휴대폰은 먹통이 되어 있었다. 천 팀장이 이미 예상을 하고 방해 전파를 쏘고 있었기 때문이다.

심야에 청담동에서 과천까지는 얼마 걸리지 않았다.

김철호에게 불행한 것은 어떻게 된 게 전혀 신호에도 걸리지 않았다는 것이었다. 이미 씨크릿 3팀에서 신호등을 조작하고 있었으니 당연한 일이었지만 말이다.

천 팀장이 강권을 안내한 곳은 서울대공원 자연캠프장

이었다.

근처에 공원 관리 사무실이 있는데 관리 사무실 직원들이 모두 천 팀장의 후배들이어서 인적이 없는 곳이나 다름없었다.

"야! 내려."

김철호와 명일영은 차에서 내리지 못했다.

대신에 김철호와 명일영의 보디가드들 4명이 내렸다.

보디가드들은 체대를 나오고 특수부대를 제대한 인물들이어서 싸움이라면 나름 이골이 난 인물들이어서 그런지 겁나는 상황에서도 당당하게 행동을 했다.

그러자 10여 대의 차량에서 40여 명의 건장한 청년들이 쇠파이프를 들고 그들을 포위를 했다.

보디가드들은 잔뜩 긴장을 하며 삼단봉을 꺼내서 파지하고는 방어 자세를 취했다. 숨이 막힐 것 같은 긴장은 의외의 상황이 발생하면서 다소 해소되는 것 같았다.

포위하고 있던 괴한들 중에서 한 사람이 나오더니 보디가드 중 한 사람에게 친근하게 말을 걸었기 때문이다.

"어이! 송시후, 너 누구 보디가드냐?"

"어! 정 선배님. 어떻게 된 일입니까?"

"어떻게 된 일이기는? 그 얘기는 조금 있다 하기로 하고, 여기 우리 형님에게 인사나 드려라."

송시후는 대학 선배이자 군대 선임인 정강민이 가리킨

인물을 보고는 안색이 새카매졌다. 그는 사시미란 닉네임으로 강남 일대를 호령하는 조폭 두목이었기 때문이다.

"처음 뵙겠습니다. 송시후라고 합니다."

"초면에 실례가 많네. 우리가 모시는 어르신께서 굳이 피를 보지 말자고 하니 저 핏덩이들을 나오라고 하게나."

송시후는 다른 세 명의 보디가드들과 눈빛으로 의사 교환을 한 다음에 가볍게 한숨을 내쉬며 말했다.

"예. 알겠습니다. 형님 말씀대로 하겠습니다."

송시후는 천 팀장에게 예를 표한 다음 차로 가서 김철호와 명일영에게 상황을 설명하고는 내리도록 종용했다.

김철호와 명일영은 정말 아무 일이 없을지 몇 번이나 확인한 다음에 차에서 내렸다.

"자, 우리 어르신께서 기다리고 계시니 저쪽으로 가자고."

"예."

김철호와 명일영은 송시후의 등에 코를 박고 어기죽거리며 걸었는데 그 모습이 마치 도살장에 끌려가는 소 같았다.

"어이! 명일영, 내가 뭐랬어. 내 이름이 최강권이라고 했지? 멍청한 놈, 내가 몇 번이나 말했는데 나와 싸우려고 한 거야?"

"……"

"어때? 쟤들 다 놔두고 우리 둘이 일대일로 붙어 보는 게 어떻겠어? 자고로 사내라면 주먹으로 치고받고 싸워야 친해지잖아."

강권의 조롱에도 명일영은 끽 소리도 하지 못했다.

눈앞에 40여 명의 떡대들이 버티고 있는 상황에서 그가 가진 배경은 아무런 도움도 되지 않았던 것이다.

강권은 잔뜩 주눅이 들어 있는 명일영을 째려보다 눈길을 김철호에게 돌렸다.

"이봐! 김철호, 자네가 내가 찍은 여자를 강간하려고 했었다며?"

"……."

김철호는 아무 말도 하지 못하고 눈만 떼굴떼굴 굴리며 강권이 지금 무슨 말을 하고 있나 지난날을 돌이켜 보고 있었다.

김철호의 기억에는 자기가 강간하려고 했던 유일한 여자는 김미진이었다. 그리고 강권도 미림의 이사였다.

'그럼, 김미진이…….'

"짜식, 눈치가 빠르군. 맞아, 김미진이야."

"……."

김철호의 안색이 완전 흙빛으로 변했다.

흉다길소(凶多吉少)라고 오늘 자칫하면 골로 가겠구나 하는 생각이 들자 돌연 인생이 무상해졌다. 돈도 명예도,

죽고 나면 무슨 소용이 있겠는가?

"너 요즘도 우리 미진이 괴롭히고 있다며? 어떻게 된 거야?"

"……."

"굳이 피를 보지 않으려고 했는데 끝까지 협조를 하지 않으면 나도 참고만 있을 수는 없어. 안 그래? 입장을 바꿔서, 너라면 이 상황에서 어떻게 하겠어?"

"저, 그, 그것이……."

김철호는 잔뜩 겁을 먹고 무슨 말을 하려다 하지 못하고 우물거렸다.

"너 자꾸 그럴래? 나 성질 엄청 급하다고. 좋은 말로 할 때 대화로 푸는 게 서로 좋은 것 아니겠어?"

김철호는 눈을 꼭 감고 뭔가 생각을 하는 듯 입술을 꼭 깨물더니 눈을 뜨고는 떨리는 목소리로 말했다.

하지만 두려워서 쩔쩔 매던 그런 김철호와는 약간 달라 보였다.

"저 무슨 말씀이 듣고 싶습니까?"

"듣고 싶은 말? 내가 듣고 싶은 말은 왜 미진이를 강간 하려고 했느냐? 또 미림의 연구원들을 빼 가는 이유가 뭐 냐? 이 정도야. 어때? 대답을 해 주겠어?"

"좋습니다. 제가 김미진 씨를 강간하려고 했던 이유는 그녀를 사랑했기 때문이고, 미림의 연구원들을 빼 가는 것 역시, 미림을 망하게 해서 그녀를 내 사람으로 만들기 위해서입니다."

"미진이를 차지하기 위해서였다고? 그게 정말이야?"

"그렇습니다. 미진이가 없는 몇 년은 살아도 산 것 같지 않았습니다."

강권은 김철호가 거짓말하는 것 같지는 않다는 생각이 들어서 슬쩍 물었다.

"그렇게 사랑한다면 왜 미진 씨에게 사내답게 솔직하게 고백을 하지 않았던 거야?"

"했죠. 왜 안 했겠습니까? 그런데 미진 씨가 저를 벌레를 보듯 피하기만 하니 어쩌겠습니까?"

강권은 고개를 갸웃거리며 뭔가 생각을 하다가 생년월일을 물었다. 김철호는 지금 강권이 뭔 말을 하나 벙 쪄 있다가 마지못해 생년월일을 말했다. 강권은 김철호의 사주와 김미진의 사주로 궁합을 보니 그렇게 나쁜 것 같지는 않았다.

하지만 서로 같이 묻어 가는 것이 조금 염려가 되기는 했다. 사람의 인생이란 게 부침이 있게 마련이어서 한쪽이 나쁠 때 다른 한쪽은 좋아야 서로 보완을 할 수 있는데 그렇지 못하다는 의미였다.

종합적으로 판단을 하면 극상은 아니지만 중에서 상 이상은 되는 궁합이었다.

'김미진도 그렇고, 김철호의 사주도 좋은 편에 속하니 그다지 큰일은 벌어질 것 같지 않겠고…… 엮어 줄까?'

그런데 막상 둘을 엮어 주려는 마음을 먹자 괜히 내 여자를 뺏기는 것처럼 속이 쓰린 것은 어쩐 일인가?

'젠장, 수컷들치고 열 여자 마다할 놈 없다더니, 나 역시 속물 근성이 아직 남아 있나 보네.'

강권은 내심 혀를 끌끌 차며 김철호에게 말했다.

"둘이 천생연분은 아니지만 그렇다고 그렇게 나쁘지는 않아. 문제는 아직 두 사람의 혼인 운이 들어서지 않았다는 거야. 2~3년 정도 공을 들여야 하는데 할 수 있겠어?"

"예에? 아! 예, 예. 2~3년이 아니라 10년이라도 공을 들일 수 있습니다."

"좋아. 한 가지 다짐을 받을 게 있어. 자네 욱하는 성격을 고쳐야 하겠어. 인생 모든 일에서 욱하는 성격은 도움이 되지 않는데, 특히 여자들에게 욱하는 성격은 백해무익할 따름이야. 미진 씨에게 모든 일을 양보한다고 맹세만 한다면 내 다리를 놔 주지. 어때?"

"저, 정말입니까? 맹세하고말고요."

강권이 졸지에 월하노인(月下老人)이 되려는 순간이었다.

강권은 김철호의 사주에 걸리는 게 있어 김철호만 따로 불러 커피를 마시며 이야기를 나누었다.

"자네, 1년 이내에 한 번 죽을 고비가 있겠어. 그 고비를 넘겨야만 자네가 사랑하는 김미진 씨를 자네 여자로 만들 수 있고, 또 한세를 크게 키울 수 있겠거든."

"예에?"

"혹시 송시후라는 친구가 자네의 보디가든가?"

"예, 그렇습니다."

강권은 뭔가 생각을 하더니 김철호에게 말했다.

"그 친구 물건이야. 그런데 아직 제대로 된 물건은 아니야. 어때 나에게 3개월 정도만 맡겨 보겠나? 그럼 자네 죽을 고비 때 도움이 될 만큼 물건을 만들어 줄 수 있는데. 어때?"

"그거야 송 과장의 의향을 물어봐야 하지 않겠습니까?"

"그 친구 당장 불러 봐. 내가 물어볼 게 있어."

"알겠습니다."

강권이 송시후에게 구미가 당기는 것은 송시후가 천살성의 기를 타고 났다는데 이유가 있었다. 천살성은 기피 인물로 받아들이는 것이 보통이지만 그것은 천살성을 제대로 알지 못하는데서 기인한 잘못된 인식이다.

천살성을 품 안에 넣으면 절대적 충성을 받을 수 있는데 사람들은 그걸 알지 못하고 있는 것이다.

천살성은 운명적으로 피와 관련이 있지만 그 피는 원한 관계에 있는 자들에 국한된다. 그리고 천살문과 천살성은 그 이름에서 보듯 전적으로 관계가 있다. 또한 천살성이 제대로 본연의 위력을 발휘하려면 천살문의 문도가 되어야 한다. 무극십팔기는 본래 천살성을 위한 수련법이었기 때문이기도 하다.

강권이 이런저런 생각을 하고 있는데 송시후가 오더니 꾸벅 인사를 했다.

"부르셨습니까?"

[그래. 자네, 제대로 된 무공을 익히고 싶지 않나?]

송시후는 강권의 말이 뇌리에서 쩌렁쩌렁 울리자 기함을 했다. 그런데 그를 더욱 경악지경으로 몰아가는 것은 옆에 있는 김철호는 이를 전혀 듣지 못하는 것 같다는데 있었다.

'설마 전음술?'

"그, 그거야 다, 당연한 것 아니겠습니까?"

[내 밑에서 무공을 익혀보지 않겠나?]

송시후는 김철호와 강권을 번갈아 보면서 망설이고 있었다.

체대에 가고 특전사가 된 것은 송시후가 제대로 된 무

술을 익히고 싶었기 때문이다. 그런데 낌새를 보니 최강권이라는 청년이 무협지 상의 전음술로 말하고 있는 것 같지 않은가.

자고로 장풍을 쓰고, 경신술을 익히는 것은 무술인으로서 꿈에서도 바라는 로망이 아니겠는가?

"하하, 무얼 그리 망설이고 있는가? 내가 자네에게 무공을 가르치겠다고 하는 것은 김철호 씨에게 등을 지고 내 제자가 되라는 말은 아닐세. 내 문도 한 사람을 소개시켜 줄 테니까 그가 마음에 들면 그의 제자가 되게. 그 친구 밑에서 한 3개월 정도 무공을 배우고 김철호 씨를 도와주고 싶으면 도와줘도 되네."

강권은 송시후에게 이렇게 말하고는 강석천에게 전화를 했다.

"강 이사, 지금 어디에 있나?"

─사장님, 다 왔습니다. 1분 이내에 찾아뵙겠습니다.

강석천은 씨크릿 6팀장인 전성호에게 강권이 클럽 카이저에 들어가서 나오지 않는다는 보고를 받고 부랴부랴 찾아가던 길이었다.

물론 강권의 실력을 믿지 못하는 것은 아니었지만 아무리 실력이 뛰어난 사람이라고 해도 불의의 기습을 받는다면 위기에 처할 수 있다는 것을 잘 알고 있는 까닭이었다.

게다가 걸리는 것은 강권의 나이가 너무 어려서 미인계

에 당할 가능성이 크다고 생각해 왔기 때문이기도 했다.

강권이 어떤 사람이고 어떤 능력을 가졌는지를 잘 알지 못하기 때문에 갖는 노파심이었다.

"사장님, 찾으셨습니까?"

강석천이 강권에게 꾸벅 인사하는 것을 보고 있는 송시후의 눈은 경악으로 화등잔만 해졌다.

"강 팀장님."

강석천은 송시후가 반갑게 불렀지만 흘끔 쳐다만 볼 뿐 아무런 대꾸도 하지 않고 공손한 자세로 강권의 지시를 기다리는 것이었다. 송시후의 놀람은 완전 경악으로 바뀌었다.

'세상에……'

강석천이 어떤 인물이던가? 장군들에게도 심드렁하게 대했고, 장군들도 그것을 당연시 여기던 그런 인물이 아니던가?

그런 전설적인 인물이 어떻게 저런 애송이에게 저토록 공손한 자세를 견지할 수 있던 말인가? 그리고 그런 전설적인 인물을 아무렇게나 대하는 애송이는 또 어떤가?

송시후의 놀람은 잠시 후 절정에 달했다.

"자네는 좀 나가 있지 않겠나? 우리 사문의 일이라서 말이야."

강권이 김철호에게 이렇게 말하자 김철호는 왠지 나가

고 싶지 않았다. 그렇게 김철호가 미적거리고 있자 강석천은 살기를 띠고 김철호를 노려보았다.

김철호는 강석천의 살기를 견디지 못하고 까무러치려고 했다. 그걸 본 강권이 강석천을 제지하며 나무랐다.

"이 사람아, 함부로 살기를 드러내지 말라고 하지 않았나? 다시 한 번만 그렇게 하면 가만두지 않겠네. 알겠나?"

강권이 노여움을 표하자 천하의 강석천이 벌벌 떨었다. 사장님이란 호칭이 어르신으로 바뀐 것은 그 증거였다.

"예, 어르신."

'에엥, 어르신? 천하의 강석천이가 새파란 녀석에게 어르신이라니…….'

송시후와 김철호는 강권과 강석천을 번갈아보며 입을 다물지 못했다.

"김철호 씨, 우리 사문을 알게 되면, 우리 사문의 문도가 되거나 죽는 길밖에 없어. 어떡하겠나? 그래도 남아 있겠나?"

"예, 어르신."

"좋아."

강권은 반허락을 하고는 강석천에게 물었다.

"이봐, 강 이사. 저 친구들을 제자로 거두려는가? 송시후는 자네와 속성이 같으니 의발전인으로 삼으면 되겠고,

김철호란 친구는 기명제자로 삼고 말이야. 어떤가?"

"어르신의 분부대로 하겠습니다."

강석천이 강권에게 머리를 조아리자 강권의 송시후와 김철호를 보며 물었다.

"자네들은 어쩌려는가?"

"예, 그렇게 하겠습니다."

대답을 냉큼 먼저 한 사람은 뜻밖에도 김철호였다. 송시후 역시 강석천이라면 제자가 되는 것에 추호도 불만이 없어 이내 승낙하였다.

배사 지례가 끝나자 강석천은 김철호에게 다짜고짜 물었다.

"한세가 쪽발이들과 어떤 관계가 있느냐?"

"저희 둘째 어머님이 일본 사람입니다. 그래서 일본과 가깝게 지내는 것이지요."

"만약 한세가 매국노 짓을 한다면 어떻게 하겠느냐?"

"저도 당당한 대한 건아입니다. 용서하지 않겠습니다."

"네 녀석 부모라도 말이냐?"

"그, 그거야……."

김철호가 대답을 하고 우물쭈물하고 있자 강석천의 검미가 치켜 올라갔다. 단단히 화가 났다는 말이었다.

그걸 본 강권이 다시 강석천을 나무랐다.

"이봐, 강 이사. 자네 도대체 왜 그 모양인가? 자고로 충과 효는 근본이 같다네. 효를 알지 못하는 자가 어찌 충성을 알겠는가? 자네는 그를 탓해서는 안 되네."

"죄송합니다. 어르신."

"내 대충 한세의 상황을 알 것 같으이. 한세가 친일 성향이 있는 것은 저 친구의 둘째 어머님의 소행인 것 같네. 강 이사와 송은 무슨 일이 있어도 김철호가 한세의 주인이 되도록 해야 할 것이네. 알겠나?"

"예. 어르신."

강권에게 맡긴 지 10일도 되지 않아서 김미진이가 미국에까지 가서 스카우트하려다 실패를 했던 로버트가 미림 연구소에 아무 조건 없이 근무하겠다고 했다. 그리고 미림 연구소를 떠났던 연구원들이 속속 복귀했다. 김미진으로서는 더 바랄 나위없는 상황이었다.

금상첨화인 것은 한세가 IT연구소를 만들려고 영입했던 인재들마저 고용할 수 있으면 고용하라고 했다. 미림에서 영입하려다 실패를 했었던 사람들도 있었고, 영입의 엄두를 내지 못했던 사람들도 있었다. 완전 불감청이언정 고소원이 아닐 수 없었다.

'어떻게 그럴 수 있지? 청부를 맡은지 불과 10여 일

남짓에 벌어진 일이잖아. 아무래도 강권 씨는 정말 도사인 것 같아.'

그렇게 입이 귀에 걸려 있는 미진을 보면서 강권은 자신의 목적하는 바를 털어놓기 시작했다. 물론 김철호를 위한 로비였다.

이제 김철호는 강권에게 있어 남이 아니니 꼭 성사시켜야 할 일이기도 했다.

"김미진 씨, 미진 씨에게 꼭 해야 할 말이 있소. 들어주시겠소?"

"강권 씨가 그렇게 말씀하시니 겁이 나기는 하지만 듣지 못할 이유도 없죠. 어디 해 보세요."

"흐음, 미진 씨, 사내들은 두 부류가 있다오. 한 부류는 사랑을 하면서도 아무런 표현도 하지 못하는 숙맥이 같은 멍청한 자들이오. 그리고 또 하나의 부류는 사랑을 어떻게든 쟁취하려고 하는 짐승 같은 자들이오. 사랑의 관점으로 보면 멍청한 자가 더 인간적이라고 할 수 있겠지만 역사적 관점으로 보면 바람직한 자들은 후자인 짐승 같은 자들이라고 생각하오."

"……"

"내가 이 말을 하려는 것은 알고 보니 김철호가 김미진 씨를 사랑해서 그런 짓을 저질렀다는 생각이 들었기 때문이오. 그리고 김철호의 말을 듣고 그때의 상황을 생각하건데 미진 씨가 생각하고 있는 것처럼 그렇게 추악한 것은 아닐 것 같다는 느낌이 들었소."

"뭐라고요? 강권 씨는 내가 과민반응을 보이고 있다고 생각하시는 거예요? 또 어떻게 처음 만난 김철호의 말은 믿고 내 말은 믿지 않는다는 거죠?"

말이야 틀린 말은 아니었다. 하지만 강권으로서는 어떤 비난을 당하더라도 강행하지 않을 수 없었다.

"미진 씨가 그렇게 생각하신다면 내 백배사죄하리다. 하지만 내가 그런 말을 한 것은 미진 씨가 생각하고 있는 그런 뜻이 아니었소. 김철호라는 친구의 상이나 사주를 볼 때 그렇게 나쁜 짓을 저지를 사람이 아니라는 뜻이었소."

사주 관상의 얘기가 나오자 미진의 노여움이 조금 잦아드는 것 같았다. 그것을 놓치지 않고 강권은 미진에게 한 번 사귀어 보면서 김철호의 됨됨이를 알아보라고 꼬였다.

김미진은 당연히 펄펄 뛰었다.

"예에? 나더러 그 짐승 같은 녀석과 사귀어 보라고요?"

"미진 씨, 미진 씨가 그 친구를 어떻게 생각하고 계신지 익히 알고 있습니다만 그 친구를 좀 더 알게 된다면 꽤 괜찮은 녀석이라는 걸 알게 될 것이오. 그 친구는 남한테는 좀 야비한 짓을 저지를 사람이지만 내 사람에게는 자기 목숨이라도 서슴지 않고 내줄 사람이오. 그런 배필을 만나는 것도 쉽지 않은 일이지. 내가 어떤 사람이오? 해로운 사람을 미진 씨에게 소개시켜 줄 것 같습니까?"

"그, 그렇지만 그 사람의 얼굴만 보면 치가 떨리는데 어떻게 그 사람과 사귈 수 있겠어요?"

"미진 씨, 믿거나 말거나 한 얘기지만 들어 봐요."

강권은 이렇게 운을 뗀 다음에 김철호라면 진저리를 치는 김미진에게 전생 얘기를 했다.

"세상의 모든 만물은 끊임없이 윤회를 하며 진화와 퇴보를 거듭하고 있습니다. 덕을 쌓으면 후생에서는 더 나은 조건으로 태어나고 악행을 저지르면 좀 더 조악한 조건의 삶을 살게 되지요. 그런데 문제는 거기에 그치지 않습니다. 전생에서 저지른 잘못은 후생에서 더 좋지 않은 상황으로 응보를 받고 그래도 고쳐지지 않는다면 훨씬 낮은 품격의 생물로 태어날 수 있다는 것입니다."

"……"

"미진 씨와 김철호 씨는 전생에서 서로 반대 상황에 있었다는 생각을 해보았습니다. 그러니까 전생에서는 미진 씨가 김철호 씨를 짝사랑했다는 것입니다. 그런데 김철호 씨가 미진 씨를 거부해서 미진 씨가 원한을 품고 죽게 되었던 거지요. 그래서 이번 생에서는 반대 상황에 처하게 된 것입니다."

김미진은 강권을 만나서 지금까지 강권이 행했던 일들을 곰곰이 생각해 보았다. 확실히 보통 사람들과는 완전 달랐다.

이번 일만 생각해도 강권이 해낸 일은 다른 사람으로서는 완전 불가능한 일이었다. 그런데 강권은 가볍게 해치웠다.

그래서 강권의 말을 다시금 생각해 보고 자신이 강간을 당할 뻔했던 당시를 돌이켜 보았다. 그러자 확연해졌다. 강권의 얘기가 완전 틀린 말이 아니었던 것이다.

당시 미진은 22살이었지만 남자라고는 전혀 몰랐던 때였다. 처음에는 김철호에게 나름 호감을 가졌던 것도 같았다. 그러기에 빈 방에 둘이 있게 된 상황이 연출이 되었던 것이고, 김철호가 키스를 할 때 크게 거부를 하지 않았던 것도 같았다.

생각이 여기까지 이르자 미진은 강권의 말이 솔깃해지는 것도 같았다.

강권은 이렇게 흔들리고 있는 미진에게 카운터펀치를 날렸다.

"내 말은 김미진 씨가 김철호 씨를 포용하는 것이야말로 미진 씨가 이 세상에 태어나서 가장 보람이 있는 일이라는 것입니다. 한 2~3년 사귀어 보고 괜찮은 점이 있거들랑 결혼을 하고, 그렇지 않으면 결혼하지 않으면 됩니다."

"강권 씨가 그렇게 말씀하시니 다시 한 번 생각해 볼게
요."

"하하, 잘 생각하셨습니다. 그 결정이 잘한 결정이라는
걸 훗날 알게 될 것입니다."

김미진은 강권의 말에 조금 더 김철호에 대한 악감정을
지울 수 있었다. 그렇다고 김철호에게 호감을 가지게 되
었다는 것은 아니었다. 아무튼 이렇게 해서 강권은 사손
인 김철호에게 체면이 서게 되었다.

제7장
나를 가지세요

"사장님, 철호가 사장님과 사모님을 자기 집으로 초대를 했는데 시간이 있으십니까?"

"강 이사, 철호 녀석이 나와 경옥이를 초대해요?"

"예, 오늘이 자기 생일이라고 저녁이나 함께했으면 하더군요."

"아! 그랬었지. 철호의 생일이 오늘이었지. 그런데……."

강권은 당연히 가겠다고 말하려다가 문득 오늘 클럽 카이저에 예약이 되어 있다는 것이 생각났다.

오늘만 지나면 18살짜리 송예리나가 클럽 밖으로 쫓겨난다고 했다. 강권은 그것이 마음에 걸렸다. 이렇게 신경이 쓰인다는 것은 예리나가 전생에 강권과 인연이 깊다는 의미를 갖고 있었다.

그런 사실을 알고 있는 강권은 클럽 카이저의 예약에 더 신경이 쓰일 수밖에 없는 것이다.

'허, 이 사람은 뭐하러 경옥이 얘기를 철호에게 하나?'

강석천의 입장에서는 행여나 제자인 철호가 사문의 가장 웃어른인 강권의 부인이나 마찬가지인 경옥에게 실례를 할까 봐 얘기했다는 것을 잘 알고 있었다. 하지만 시기가 문제였다.

강석천이 철호에게 경옥의 얘기를 하지 않았다면 저녁만 먹고 곧장 카이저로 가면 되는데 경옥이와 함께 간다면 어떻게 옆으로 샐 수 있겠는가?

'허, 그것 참.'

강권이 한참 고민을 하고 있는데 강석천이 선약이 있으면 할 수 없지 않겠냐고 했다.

"그, 그게 아니라. 강 이사, 사실 좀 난처한 일이 있네. 그렇다고 철호를 사문에 들이고 처음 맞이하는 생일이니 사문의 제일 어른인 내가 모른 척하기도 그렇잖은가?"

"아닙니다. 사문의 가장 웃어른이신 사장님께 미리 말씀드려야 하는 건데……."

"아닐세. 몇 시까지 가면 되나?"

"시간은 정해지지 않았습니다. 사장님 내외분께서 오시

면 그때가 저녁 시간이 아니겠습니까?"

"그러면 안 되지. 강 이사, 철호의 주소를 내 네비게이션에 찍어 두게. 그럼 오후 7시까지 가겠네."

"예, 알겠습니다. 사장님."

강권은 막상 가겠다고는 해 놓았지만 대략 난감이었다.

그렇다고 옥에게 솔직하게 말할 수도 없다. 여자는 본능적으로 질투의 화신이어서 강권이 아무리 송예리나에게 관심이 없다고 말하더라도 그녀를 선택했다는 그 사실에 화를 낼 것이 분명했다.

"젠장, 어떻게 해야 하나?"

강권이 똥마려운 강아지처럼 전전긍긍하고 있을 때 경옥이 들어오면서 말했다.

"자기, 강 이사님 무슨 일로 오셨다 가시는 거죠?"

"으응, 오늘이 철호 녀석 생일이라고 하더라고. 그래서 철호 녀석이 저녁이나 함께 먹자고 자네와 함께 자기 집으로 오라고 한다는 거야."

"어머, 그래요? 그럼 가야죠. 그런데 미진이 고 계집애도 함께 데려갈까요?"

"데려가면야 좋겠지. 그런데 미진 씨가 선뜻 가려고 할까?"

"중이 제 머리 깍지 못한다는 말도 있잖아요. 그러니까 옆에서 도와줘야죠."

"하긴 그렇지."

강권은 이렇게 대답을 했지만 머릿속은 온통 카이저의 예약으로 꽉 차 있었다.

'제기랄, 왜 자꾸 그 아이에게 신경이 쓰이는 거지? 시앗을 보면 돌부처도 돌아앉는다고 경옥이에게 솔직하게 털어놓을 수도 없잖아.'

강권이 자꾸 고개를 절레절레 젓고 있는 것을 본 경옥이 강권을 이상하게 바라보았다. 도둑이 제발 저리다고 강권은 뜨악했지만 시치미를 떼며 연신 헛기침을 했다.

"자기, 나한테 잘못한 것 있지? 솔직하게 말하면 용서해 줄게."

'허! 내가 바보냐? 내가 그 거짓말에 넘어갈 것 같아?'

강권은 경옥의 이 빤한 거짓말에 속아 넘어갈 정도로 어수룩하지 않았다. 설령 바람을 피다가 현장에서 들키더라도 일단 부정하고 봐야 한다는 걸 익히 알고 있는 강권이었다.

그래서 강권은 과장된 표현으로 경옥을 사랑한다고 말했다. 사랑한다는데 싫어할 여자는 한 사람도 없는 것이다.

"잘못은 무슨 잘못? 하긴 내가 잘못한 게 있기는 있지. 자기를 너무나 사랑한 잘못 말이야. 미안해. 내가 이성을 잃고 자기를 너무 사랑해서 금방이라도 미칠 것 같아서 말이야."

"흥, 자기 나 속일 생각하지 마. 여자는 직감이란 게
있어. 자기 분명 딴 여자 생각하고 있었던 거야. 맞지?
맞지?"

"허, 이 사람이 지금 무슨 말을 하고 있나. 나에겐 오
직 당신뿐이라고. 가슴을 열어 자기 사랑하는 마음을 보
여 줄 수도 없고 어떻게 해야 하나?"

강권의 능청에 경옥은 시치름한 표정을 지으며 말했다.

"됐네요. 으이그, 얄미워."

"옥아! 어떠한 경우에도 나는 옥이를 사랑해. 우리가
싸우고 다투는 그 순간에도 나는 오로지 우리 옥이만을
사랑하는 거니까 옥이는 그 사실을 잊지 말아 줘."

강권의 입에 발린 말에 경옥의 마음은 순식간에 풀렸
다. 강권이 슬며시 끌어안자 경옥은 강권의 품으로 파고
들면서 말했다.

"알아요. 사실 나도 자기를 엄청 사랑해요. 하늘만큼
땅만큼."

강권은 그런 경옥이 너무 사랑스러워 꼭 끌어안으며 말
했다.

"옥아, 우리 결혼하자. 조만간 부모님을 찾아뵙고 정식
으로 결혼 승낙을 받으려는데, 옥이는 어떻게 생각해?"

"그래야겠지요……?"

강권이 결혼 승낙을 받으러 부모님을 찾아뵙겠다는 말에 경옥은 얼굴이 어두워지며 말끝을 흐렸다.

언니 미옥이가 사고를 쳐 놓고 다른 남자와 결혼하는 바람에 부모님들은 그녀에게 연애질하지 말라는 엄명을 내렸던 것이다. 그래서 경옥은 강권을 부모님들에게 소개시킬 자신이 없었다.

물론 강권은 경옥이 왜 이러는지 잘 알고 있었다. 그리고 경옥을 사랑한다고 했으면서도 신경을 써 주지 못한 것이 미안했다. 어떻게 생각하면 신경을 써 주지 못한 것이 아니라 안한 것인지도 몰랐다.

속은 구리면서도 겉으로는 고매한 인격자처럼 행동하는 그녀 부모들의 야누스적인 행태에 강권은 그들을 피하려 했었는지도 모른다.

'참! 조만간 경옥이 아버지도 돌아가실 텐데 경옥이가 한 번이라도 더 얼굴을 볼 수 있도록 해야겠지?'

사실 장인이 될 경옥이 아버지의 죽음은 그가 버린 전 부인의 원한 때문이었다. 임신한 채 파혼을 당했고, 그 충격에 유산이 되는 아픔까지 겪고 원망으로 삶을 살다 죽은 후에 그 원혼이 그를 데려가 버릴 것이다. 그 시기가 이쯤이 될 것이다.

경옥을 혜화역에서 만나 301번 버스를 타고 가면서 어렴풋하게 보았던 것은 장인이 집무실에서 떡을 먹다 죽는 장면이었다.

'떡? 돌떡은 아니었던 것 같았는데 그럼 백일 떡?'

그러고 보니 경옥의 언니 미옥의 자식인 상후의 백일이
다 된 것 같기도 했다.

'그럼 확실할 것 같군.'

강권은 마음이 급해져서 물었다.

"참, 상후 백일이 언제지?"

"갑자기 상후 백일은 왜 찾는데요?"

"알아볼 게 있어서 말이야. 언제야?"

"내일이에요. 왜요?"

"그럼 어머님께서 상후를 데리고 예산에 가신 거야?"

"그걸 어떻게 알아요?"

경옥의 물음에 강권은 대답이 궁해졌다.

어떻게 '내일 니 아버지 돌아가셔.' 이렇게 말할 수 있
겠는가? 그리고 장인 노태훈의 죽음은 인과율에 따른 것
이어서 강권도 어쩔 수 없었다.

노태훈에게 버림을 받고 뱃속에 든 아이까지 유산이 되
면서 근 30여 년이나 한을 품고 살아가야 했던 조진아의
한이 하늘에 닿았기 때문이다.

"나야 원래 도사잖아."

강권은 이렇게 얼버무릴 수밖에 없었다.

경옥은 그런 강권을 보며 고개를 갸웃거렸다. 아무리

생각해도 오늘 강권의 태도가 정말 이상하다는 생각이 들었기 때문이다.

❖　❖　❖

강권은 시간이 흐를수록 초조해졌는데 강권을 구한 것은 뜻밖에도 장인인 노태훈이었다.

노태훈은 자기 죽음을 예견한 것인지는 몰라도 경옥이에게 보고 싶다고 예산으로 내려오라고 했기 때문이다.

경옥이 부리나케 예산으로 내려가자 강권은 안도의 한숨을 내쉬며 중얼거렸다.

"그나저나 상을 치를 준비를 해야 하지 않나?"

곰곰이 생각해 보니 아무래도 그래야 될 것 같았다.

언니 미옥의 남편인 이진우가 있기는 했지만 이진우란 작자는 결혼 전에는 풀 방구리에 생쥐 드나들 듯하다가 결혼을 하고는 전화조차 없는 위인이었다. 그런 위인이 어떻게 장인 장례에 신경이나 쓰겠는가?

강권은 즉시 강석천에게 전화를 걸었다.

씨크릿 컴퍼니에 들어온 어깨들 중에서 장례식장을 주무대로 설쳤던 자가 있었던 것 같았기 때문이다.

"이봐, 강 이사. 씨크릿 5팀장 장기환이가 장례식장을 했었다고 그랬지?"

"예. 사장님, 그런데 갑자기 왜요? 누가 돌아가셨습니까?"

"아니 그런 게 아니고 장례에 대해서 알아볼 게 있어서 말이야. 장기환이 전화번호 좀 알려 줘."

"사장님, 기환이가 여기 있는데 바꿀까요?"

"그럴 건 없고. 그런데 강 이사, 기환이 다른 일 없으면 우리 집으로 왔으면 좋겠는데 별일 없을라나?"

"예, 즉시 보내 드리겠습니다."

장기환은 장례식장은 물론이고 화장장, 납골당은 물론이고, 심지어는 장례 용품에도 관여를 했던 전국구였다. 상사(喪事)가 엄청 돈이 된다는 것을 아는 것을 보면 돈의 흐름에도 민감한 인물일 것이다.

장기환이 강권의 집에 온 것은 20분도 채 되지 않아서였다. 씨크릿 컴퍼니의 수련장이 성남시 은행동에 있는데 전화를 받고 20분 안에 온 것을 보면 엄청 밟아 댄 것 같았다.

"자네, 어떻게 이렇게 빨리 왔나?"

장기환은 강권의 물음에 뒤통수만 긁적이고 있었다.

평소 강권이 강조하는 게 준법이어서 그런지 빨리 왔다는 말에 질책의 의미가 담겨 있다고 느꼈기 때문일 거다.

"자네가 장례에 관한 일을 했었다고?"

"예. 지금은 동생들이 맡아서 하고 있습니다."

"그래? 오늘이나 내일 중으로 예산에서 장례가 있을 것 같은데 말이야. 준비하려면 얼마나 필요하겠나?"

"어르신, 아직 운명하시지는 않으신 것 같군요. 항상 준비되어 있으니 운명을 하신 후에 장례절차에 들어가도 늦지 않습니다. 제가 특별히 준비해 놓으라고 하겠습니다."

"고맙네. 그렇게 좀 해 주게. 참, 자네 전화번호는 바뀌지 않았지?"

"예, 어르신."

장기환이 나가자 강권은 애마를 끌고 클럽 카이저로 갔다.

카이저는 대낮이어서 그런지 그렇게 시끌벅적하지는 않았지만 VVIP 부모를 둔, 팔자 좋은 애송이들이 수시로 들락거리고 있었다.

그런데 일이 잘 풀리려고 그런 것인지, 아니면 일이 꼬이려고 그런 것인지는 몰라도 뜻밖의 인물을 만났다.

"어! 강권 씨, 여긴 어쩐 일이세요?"

강권은 누가 자기를 아는 체하자 뒤돌아보니 뜻밖에도 홍태희였다.

"어! 태희 씨, 이곳에는 어쩐 일이십니까?"

"누가 점심을 먹자고 해서요. 그런데 강권 씨도 여기 멤버세요?"

"예, 얼마 전에 가입하게 되었습니다."

"어머, 축하해요. 강권 씨도 드디어 VVIP가 되셨군요."

"하하, 뭘요. 그런데 요즘 바쁘십니까?"

강권이 묻자 홍태희는 애교스럽게 눈을 살짝 흘기며 코맹맹이 소리로 말했다.

"강권 씨는 저에게 조금도 관심이 없지요? 지금 MTV에서 방영하고 있는 사극 '바람의 나라'에 출연하고 있잖아요."

"아! 그렇군요. 태희 씨에게 부탁드릴 일이 있는데 그럼 안 되겠군요."

"강권 씨가 저에게 부탁을요? 무슨 부탁인데요?"

"그보다 먼저 경옥이에게는 비밀로 해 주실 수 있다고 약속을 해 주시면 말씀 드릴게요."

홍태희는 강권의 얼굴을 빤히 쳐다보다가 갑자기 호들갑스럽게 웃으며 말했다.

"호호호, 여자 문제로군요. 그럼 맨입으로는 안 되겠는데요. 호호호."

"쩝, 일이 그렇게 됐습니다. 그리고 여자 문제는 여자 문제인데, 태희 씨가 생각하고 있는 그런 문제는 아니고요."

"호호호. 강권 씨, 어쨌든 여자 문제란 게 중요한 것 아니겠어요? 호호호."

강권이 아무런 대꾸를 하지 않고 머리만 긁적이고 있자 한참 호들갑스럽게 웃던 홍태희가 웃음을 그치며 말했다.

"강권 씨, ST 전자 CM 문제로 ST 전자 상무가 점심이나 먹자 만나자고 하더라고요."

"아! 그렇군요. 그럼 일 보시고 전화를 주세요. 저는 여기 있을 것이니까요."

강권은 이렇게 말하고는 곧장 카이저피아 룸으로 올라갔다.

씨크릿 컴퍼니를 차리고 나서 재계에 대해서 빠삭하게 알고 있었다. 그래서 홍태희가 왜 ST 전자의 상무를 만나는지 알 것 같았던 것이다.

'아하! 그래서 홍태희가 스캔들이 한 번도 나지 않았구나.'

ST 전자의 상무 성진용은 자사의 CM모델을 따먹는 재계의 바람둥이로 소문이 무성했지만 한 번도 언론에 노출이 되지 않았다. 그것은 바로 회원제로 운영이 되는 클럽 카이저를 이용했기 때문이었던 것이다.

클럽 카이저는 원칙적으로 회원들만 출입이 가능한데 플레티넘 회원은 손님을 초청할 수 있는 예외가 있었다.

클럽 카이저는 온갖 편의 시설이 다 있으니 만나서 밥 먹고 차 마시고 한 따까리 하고, 나갈 때는 따로 나가면

언론에 노출될 이유가 전혀 없는 것이다.

홍태희처럼 색을 좋아하는 여자가 스캔들이 전혀 나지 않았던 것도 옆에 만만한 조용수를 세워 두고 뒷구멍으로는 임도 보고 뽕도 따고 있었기 때문일 것이다.

"하하, 그녀를 탓할 수 있겠나? 세상이 그렇고 그런 걸."

카이저피아 룸에 올라가니 도도희가 애교가 철철 넘치는 태도를 보이며 반갑게 맞이했다. 수표 한 장의 위력 때문이리라.

"어머! 이사님, 급하셔도 그렇지 이렇게 빨리 오면 어떻게 하라고 이렇게 빨리 오셨어요?"

"하하, 일이 그렇게 됐소. 예리나를 만나 볼 수 있겠소?"

"어머! 어쩌나? 아직 준비가 안 됐는데…… 할 수 없죠 뭐. 호스트 룸에서 차 한 잔 하고 계시면 금방 보내 드릴게요."

"그렇게 하죠."

강권이 호스트 룸에서 웨이트리스가 가져다 준 허브 차를 마시고 있으려니 웨딩드레스를 곱게 차려입은 예리나가 들어왔다.

강권은 졸지에 도둑장가를 드는 것 같아 실소가 나왔다.

"허, 이것 참……."

한참이 지나도 강권이 아무런 수작을 부리지 않자 예리나가 도발적인 유혹의 몸짓으로 강권의 턱 밑에 얼굴을 들이대며 말했다.

"어머, 무슨 남자가 이래요? 신부 드레스를 벗겨 줘야죠."

강권은 예리나의 태도가 너무 어이없어 꿀밤을 주며 말했다.

"윤석아! 넌 아직 그렇게 하기에는 한참이나 이른 꼬맹이라고."

"이씨! 자! 봐요. 꼬맹이 젖이 이렇게 커요?"

강권이 어리다고 하자 예리나가 강권의 손을 잡아서 자기 가슴에 올리며 이렇게 말하는 것이었다.

강권은 손바닥에 뭉클한 예리나의 젖가슴이 닿자 흠칫 놀랐다.

강권의 손이 작은 손이 아닌데 젖가슴이 손에 한가득 차는 것을 보면 적어도 C컵은 되는 것 같았다. 경옥의 사이즈가 B컵임을 감안한다면 나이에 비해서 엄청 성숙한 편이었다.

"리나야, 우리 얘기 좀 하자."

"그래요. 나를 가지고 나서 필로우 토크하자구요? 나 그거 열라 하고 싶었어요."

"필로우 토크? 너 필로우 토크가 뭔지나 알아?"

"힝, 그걸 모를까 봐요? 베갯머리송사잖아요?"

"베갯머리송사가 뭔데?"

"부부가 응응응 한 다음에 나란히 누워서 하는 얘기요."

예리나는 부끄러운 듯 강권의 품으로 파고들면서 기어들어가는 목소리로 얘기했다.

강권은 예리나의 도발에 음심이 동함을 느끼고 혀를 내둘렀다.

정력(定力)이 세다고 자부하는 강권이 음심을 느낄 정도면 보통 사람은 예리나의 도발에 정신을 빼앗기고 예리나를 탐하지 않을 수 없을 것이다.

강권은 예리나를 밀치려다 무안해 할까 봐 포근하게 감싸 안으며 말했다.

"리나야, 너에게 무슨 사연이 있기에 어린 네가 몸을 팔 생각을 했느냐? 내가 최대한 도와줄 테니 말해 보렴."

"……."

예리나는 강권의 자상한 말에 아무 대답도 하지 않고 더 깊숙이 파고들기만 했다.

한참 등을 토닥거리고 있는데 가슴이 축축한 느낌이 들어 예리나를 가볍게 밀치자 예리나는 검은 눈물을 흘리고 있었다.

강권은 안쓰러운 마음에 자상한 목소리로 다시 말했다.

"리나야, 어서 말해 보렴. 이래 봬도 나는 꽤 능력이 있으니 어지간한 일이라면 네게 힘이 되어 줄 수 있을 거야."

강권이 거듭 말하자 예리나는 설움이 복받쳤는지 큰 소리로 울기 시작했다.

"앙, 앙, 앙, 앙……."

강권은 안쓰러운 마음에 아무 말도 하지 않고 예리나를 품에 안고 규칙적으로 등을 다독거리기만 했다.

간단한 동작 같지만 강권은 무진신공을 운기해서 예리나의 기가 막히지 않도록 기의 흐름을 도와주고 있었다.

한참을 울던 예리나가 울음을 그치고 자기 사정을 말하기 시작했다.

"제가 이런 결심을 하게 된 것은……."

예리나가 극단적인 결심을 하게 된 것은 아버지가 사업에 실패하면서 알코올중독으로 폐인이 되었고, 엄마가 돈을 벌어 생활을 하다 뺑소니 사고로 식물인간이 되었기 때문이라고 했다.

"그래서 엄마 치료비를 마련하려고 그런 거야?"

"예. 이 근처 편의점에 아르바이트를 하러 왔다가 도희 언니를 만나게 되었어요. 그래서 이곳에 취직을 하게 되었는데 월급이 그다지 많지 않아서 도희 언니가 여기로 들어오라고 해서 들어오게 되었어요."

"얼마나 됐는데……."

"이제 딱 2달 됐어요."

"그래? 너 정도면 다들 혹했을 텐데, 왜 아직도 여기에 있었던 거냐?"

예리나는 얼굴을 붉히며 말했다.

"처음 여기 왔을 때는 엄청 깡말랐었거든요. 그래서인지 아무도 지목을 하지 않더라고요. 여기에서 잘 먹고 규칙적으로 운동을 해서 살이 찐 거예요."

"그랬구나. 그나저나 어머님께서 뺑소니 사고를 당한 것이 언제냐?"

"어제로 딱 3개월째예요."

"그동안 치료비는 어떻게 마련했느냐?"

"집주인 아주머니가 좋은 분이셔서 방 보증금을 빼 주셨어요. 짐은 주인집 옥상에 천막으로 덮어 놓았고요."

"그럼 잠은 어디서 잤는데?"

"엄마 옆에서요."

강권은 문득 뺑소니나 보험이 들어 있지 않은 차량에 의해서 사고를 당해 피해보상을 받을 길이 없는 사람들을 위한 정부 차원의 보상구제책이 생각났다.

경찰에서 뺑소니 사고로 판정을 내린 후 국내에 있는 손해보험사들 중에 아무 곳이나 신청을 하면 보험금을 산

정해서 주게 되어 있는 제도다.

강권은 씨크릿 1팀장에게 지시해서 송예리나의 엄마 예지은의 사고에 대해서 알아보도록 지시했다. 그리고 누가 사고를 내고 뺑소니를 쳤는지에 대해서도 알아낼 수 있으면 알아내라고 했다.

지시를 내리고 예리나에게 엄마의 상태를 한 번 보고 싶다고 병원으로 가자고 했다.

강권은 예리나를 데리고 나가면서 도도희에게 수표 한 장을 더 주고는 명함을 주면서 필요하면 연락을 하라고 했다.

"씨크릿 컴퍼니의 CEO셨군요? 저는 미림의 총괄이사님으로만 알았는데요."

"둘 다 겸하고 있습니다. 그런데 예리나를 그냥 데리고 나가기만 하면 됩니까?"

"아참! 예리나를 데리고 나갔다는 서명만 해 주시면 됩니다. 예리나가 아직 미성년자라서요."

강권은 서류에 서명을 하고 예리나를 데리고 병원으로 갔다. 예리나의 엄마가 입원해 있는 곳은 영동 세브란스 병원 중환자실이었다.

강권이 의사를 만나서 상태를 묻자 뇌수술을 해야 한다는 것이었다. 사고로 뇌에 울혈이 생겼는데 이걸 제거해 주어야 깨어날 수 있다는 것이었다.

예리나에게는 가망이 없다고 말했으면서 강권이 돈 좀 있다고 생각을 했는지 그렇게 말한 것이다. 하긴 의사도 눈이 있으니 강권이 입고 간 정장이 몇 천만 원을 호가한다는 것을 보지 못하지는 않았을 것이다.

강권은 경옥에게 전화를 걸어 우리나라에서 뇌수술의 최고 권위자가 누구인지 물었다.

─뭣 때문에 그러시는데요?

"으응, 아는 동생의 어머니가 뺑소니 사고를 당해서 머리에 울혈이 있어서 의식불명 상태래. 울혈만 제거하면 깨어나실 수도 있을 거라고 하던데."

경옥은 잠시 생각을 하다 말했다.

─그런 경우에는 서울 성모병원의 김경하 박사님이 최고 나을 거예요. 제가 김경하 박사님께 말씀드릴까요?

"어! 경옥이가 아는 사람이야?"

─본과 1학기 때 그분이 외래 강사로 강의하신 적이 있어서 잘 알고 있죠.

"알았어. 그럼 환자를 그쪽으로 이송해 갈 테니까 말씀이나 드려 봐."

강권은 이렇게 말은 했지만 자기도 모르는 한숨이 절로 나왔다. 경옥에게 들키지 않으려는 일이 묘하게 알려지게 된 것이다. 이래서 모사재인(謀事在人)이요, 성사재천(成事在天)이라는 말이 나온 모양이었다.

하지만 강권은 자신은 떳떳하니 움츠러들지 말자고 자위하면서 퇴원 수속과 이송 수속을 동시에 밟고 있을 때 씨크릿 1팀장의 전화가 왔다.

"1팀장, 그래 어떻던가?"

"어르신, 저 그것이…… 뺑소니로 판정이 났는데, 엉뚱한 놈들이 피해보상금을 챙겨 갔던데요?"

"뭐야? 어떤 놈들이 그랬어?"

"브로커가 끼어들어 병원 원무과, 경찰, 보험회사와 짜고 챙겼습니다. 사람들이 그런 제도가 있다는 것을 잘 모르니 그런 생각을 한 모양입니다. 예지은 씨처럼 뒤탈이 없을 만한 사람들은 사고가 나고 얼마 후에 챙기고 그렇지 않은 경우에는 보험금 지급청구권의 소멸시효에 임박해서 챙긴다고 합니다."

"1팀장은 책임지고 그걸 자료로 만들어 둬. 내 가만두지 않을 테니까. 알겠나?"

"예, 어르신. 그리고 뺑소니 친 사람은 두환 기업 전략기획실 실장이 거의 확실하다고 합니다."

"알았어. 내 2팀장에게 증거를 만들라고 지시할 테니까 그렇게 알아. 그동안 조사한 것은 2팀장에게 넘기고. 그만 끊어."

강권이 전화를 끊고 기다리고 있으려니까 원무과 직원이 다가와 원무실장이 보자고 한다고 말하는 것이었다.

순간 강권은 울화통이 치밀었다.

강권이 1팀장하고 통화하는 내용을 듣고는 겁을 집어먹고 보자고 하는 것이 분명했기 때문이다.

"무엇 때문에 그러는지 모르겠지만 나는 그 사람에게 볼일이 없으니까 볼일이 있는 사람이 오라고 하세요."

강권이 강경하게 말하자 원무과 직원은 우물쭈물 망설이고 있다가 원무과 안으로 사라졌다. 그리고 조금 후에 쥐상을 한 인간이 창백한 얼굴로 다가오더니 강권에게 조용히 얘기 좀 하자고 하는 것이었다.

"뭔 이야기인 줄 모르겠는데, 할 얘기 있으면 여기서 하시오."

"그, 그렇지만……."

"할 얘기가 없으면 보고 싶지 않으니까 내 눈앞에서 사라지시오. 꼴도 보기 싫으니까."

원무과장은 얼굴이 붉으락푸르락하더니 강하게 나왔다.

"마음대로 해 보라고. 누가 손해인가?"

원무과장은 이렇게 소리치고는 원무과 안으로 들어가 버렸다.

강권은 뭔가 수작을 부리겠구나 하는 예감이 들자 천리지청술을 전개해서 원무과장의 동태를 살폈다.

아니나 다를까 원무과장은 여기저기 전화를 하고 난리가 아니었다. 그러고도 화가 안 풀렸는지 예리나 엄마의 이송 병원을 서울 성모병원에서 강남 성모병원으로 고치라고 하는 것이었다.

내막을 모르는 원무과 직원은 고개를 갸웃거리며 되물었다.

"과장님, 서울 성모병원 아니었어요? 저는 분명히 그렇게 들었는데요."

"김무식 씨, 그러니까 무식하다는 소리를 듣는 거야. 시키는 대로 하라고."

서울 성모병원은 반포에 있고, 강남 성모병원은 분당에 있다.

건강한 사람도 분당에 갔다 반포로 갔다 하면 피곤한데 거의 식물인간인 예리나의 엄마는 어쩌겠는가?

강권은 도저히 참을 수 없어 원무과 안으로 들어가 김무식에게 서울 성모병원이 맞으니 다시 고쳐 놓으라고 하고는 원무과장실로 들어갔다.

원무과장은 강권을 보고는 흠칫하다가 회심의 미소를 지었다. 마치 '네까짓 게 그러면 그렇지.' 하는 표정이었다.

"고기석 과장, 너 그렇게 죽고 싶어? 누가 마음대로 앰뷸런스 행선지를 바꾸라고 했어?"

"뭐야? 어린 새끼가 어디서 함부로 지껄여? 너야말로 정말 죽고 싶은 모양이지? 이 새끼 너 여기서 잠깐 기다려."

업무과장은 강권에게 엄포를 놓더니 근처의 조폭 조직인 세기파에 전화를 걸어 몇 명 보내 달라고 얘기를 하고 있었다.

세기파는 강남을 휘어잡고 있는 사시미 천성호 6팀장의 행동대장인 김세기가 우두머리로 있는 곳이었다.

강권은 웃음이 나오려는 걸 가까스로 참고 원무과에 있는 커피믹스를 타 먹고 태연히 있었다.

5분도 되지 않아 세기파의 쫄따구들이 병원으로 들어서다 입구에 주차되어 있는 강권의 차를 보고는 흠칫 놀라더니 자기네들끼리 중얼거렸다.

"상호야, 이 황금색 모데라토 우리 총보스의 차 아닐까?"

"기성아, 맞는 것 같다. 우리 보스께서 총보스의 차는 황금색 모데라토에 에이스 포카니 그 차가 지나가면 최대한 경의를 표하라고 그랬잖아, 번호판을 봐. 1111, 에이스 포카가 맞잖아."

"그럼 병원에 총보스님이 계시는 거잖아. 총보스님께서는 선량한 국민들에게 폭력을 행사하지 말라고 하셨는데…… 우리 다시 돌아갈까?"

"그냥 돌아갔다가 민성이 형님한테 뭔 꼴을 보려고."

"하긴, 병태 말이 맞아. 이 병원 원무과장이 민성이 형님 6촌 형이라고 그러는 것 같더라고."

세 명의 세기파 어깨들은 병원 원무과 안으로 들어섰다가 강권을 보고는 그대로 오체투지를 하며 목청껏 소리쳤다.

"총보스님 안녕하십니까? 처음 뵙겠습니다."

"일어들 나라. 니들 누구 명령으로 여기 온 거냐?"

"저…… 그, 그것이."

어깨들이 우물쭈물하자 강권이 나직하게 말했다.

"네 녀석들이 말을 하지 않겠다면 말하지 않아도 좋다. 나는 천 팀장을 불러서 물어보면 되니까 말이다."

강권의 말이 떨어지자 어깨들은 얼굴이 창백해지며 애걸복걸하기 시작했다.

"총보스님 제발 용서해 주십시오. 말씀드리겠습니다. 고민성 형님이 가 보라고 해서 왔습니다."

"알았어. 그만 돌아들 가봐."

"예, 총보스님. 놀다 가십시오."

"예, 감사합니다. 총보스님, 안녕히 계십시오."

어깨들이 하는 행동을 본 원무과 직원들은 잔뜩 쫄아서 강권을 흘끔거리고 있었다.

특히 원무과장 고기석은 완전 사색이 되어 있었다.

강권은 그들은 본 척도 하지 않고 6팀장에게 전화를 걸어 상황을 설명하고 앞으로는 이런 일이 절대 벌어지지 않게 하라고 지시했다.

그런데 전화가 채 끝나기도 전에 세기파의 보스 김세기를 비롯한 전원이 병원으로 와서 도열을 하고 보스인 김세기는 직접 원무과로 들어와 강권에게 인사를 했다.

강권은 눈살을 찌푸리며 김세기에게 말했다.

"세기 군, 내가 뭐랬었나? 지나친 예의는 오히려 무례라고 하지 않았나? 지금 이게 뭔가?"

"아닙니다. 어르신, 이건 제가 표시할 수 있는 최소한의 예의입니다. 무례하게 보셨다면 사죄드리겠습니다."

"자네 마음은 알겠네. 이번만은 그냥 넘어가겠네만 앞으로 선량한 국민들에게 위화감을 조성하는 행위는 절대 삼가야 하네. 알겠나?"

"예, 어르신. 명심하겠습니다."

"자네 마음은 알았으니 그만 가서 일 보도록 하게."

"어르신께서 가시는 동안 모시도록 해 주십시오. 그렇지 않았다가는 살, 전성호 형님께 그 자리에서 죽습니다."

"알겠네. 그럼 오늘만 허락할 테니까 다음부터는 절대 이런 일이 없도록 하게. 그렇지 않으면 바로 내 손에 죽을 줄 알게."

"예, 고맙습니다. 어르신."

강권은 가볍게 한숨을 쉬고는 원무과 직원들에게 환자

의 이송이 왜 이리 늦느냐고 물었다.

　그러자 김세기의 얼굴이 찡그려졌고, 원무과 직원들은
다른 업무를 올 스톱시키고 부랴부랴 예리나 엄마의 이송
에 서둘렀다.

제8장
네놈들은 천벌이
가까이 왔다는 걸 아느냐?

"뭐야? 조폭들이 영동 세브란스를 점거하고 있다고?"

"예, 빨리 경찰을 출동시켜 달라고 전화가 빗발칩니다."

"근처에 있는 형사들과 무도 경관들을 즉시 영동 세브란스로 집결하라고 해."

"예, 알겠습니다."

세기파에서 강권에게 인사를 드린다고 몰려온 것은 이렇게 또 다른 소동을 일으키고 있었다.

예리나의 엄마를 태운 앰뷸런스가 병원을 벗어나서 막 애마에 오르려는데 순찰차들이 몰려오더니 무도 경관들을 토해 내고 있었다. 그것을 본 강권은 인상이 구겨지며 한숨이 절로 나왔다.

"휴우, 세기 군. 이것 보게. 이쯤 되면 자네 행동이 나를 위하는 게 아니고 나를 피곤하게 만든다는 것을 알겠지?"

"예. 어르신, 죄송합니다. 다음부터 절대 이런 일이 벌어지지 않도록 하겠습니다."

"알겠네. 이번은 그냥 넘어가겠네. 빨리 해산시키도록."

"예. 고맙습니다. 어르신."

강권이 김세기에게 당부를 하고 막 차에 타려는데 무도 경관 한 명이 강권을 알아보고 인사를 해 왔다.

그 무도 경관은 청호 체육관에서 강권에게 지도 대련을 받은 적이 있는 황성윤 경위였다.

"이거, 최 이사님 아니십니까?"

"아! 황 경위님 아니십니까?"

"혹시 이 친구들이 최 이사님 때문에 병원에 모인 것입니까?"

"아! 예, 죄송합니다. 친한 동생 어머님이 이 병원에 입원해 있어서 왔는데 이 친구들이 그걸 알고 인사를 하러 온 것인 모양입니다. 번거롭게 해 드려서 죄송합니다."

"하하, 아닙니다. 민중의 지팡이인 우리로서는 당연히 해야 할 일이었습니다. 별일이 없으니 그만 돌아가야겠지요."

소동은 이렇게 일단락이 되었지만 매스컴에서는 연일 난리도 아니었다.

❖   ❖   ❖

서울 성모병원으로 가는 길에 예리나는 조폭들이 강권에게 엄청 경의를 표하는 걸 보고 놀라서 한동안 말을 하지 못했다. 10분 정도가 지나자 다소 진정이 되는지 비로소 말을 붙였다.

"오빠, 오빠가 정말 저 사람들보다 높은 사람이야?"

"이런, 리나야. 내가 저 사람들보다 높은 게 아니고 그냥 똑같은 사람들이야. 저 사람들이 나를 잘 봐서 그런 거지."

"힝, 거짓말. 오빠, 내가 그 정도도 모를 것 같아?"

"하하. 리나야, 그렇게 생각하면 안 돼. 나는 어디까지나 평범한 사람일 뿐이야."

"그건 그렇고. 오빠, 오빠는 나를 어떻게 생각해?"

"내가 말했잖아. 친한 동생이라고."

"힝, 나는 무조건 오빠 사람이야. 오빠하고 결혼하고 말 거야."

"나는 이미 결혼했는 걸. 집사람이 알면 나 죽이려고

들 거야."

강권이 결혼했다고 하자 예리나는 풀이 팍 죽었다. 그
리고는 입을 꼭 닫고 한마디도 하지 않았다.

병원에 도착하자 김세기에게 연락을 받았는지 터미널파
의 보스 장동찬이 행동대장들을 데리고 와서 강권을 영접
하는 것이었다.

"장 군, 자네는 또 어쩐 일인가?"

"예, 어르신. 어르신의 장모님께서 이 병원에 입원해
계신다고 해서 병문안 왔습니다."

"누가 그런 헛소문을 퍼트리고 그래? 우리 장모님은 지
금 예산에 계시는데."

"그럼……."

"장 군, 여기 입원하신 분은 내가 친동생 이상으로 생
각하고 있는 동생 어머님께서 입원하신 거네. 기왕 왔으
니 가 보자고."

"예, 어르신."

강권은 자기가 장모님이 예산에 계시다고 한 말에 풀이
팍 죽어 버린 예리나를 달래 주려고 장동찬에게 예리나를
소개했다.

"참, 인사하게. 얘는 내가 친동생 이상으로 생각하고
있는 송예리나라고 하네. 이 병원에 입원해 계시는 분은
바로 이 아이의 어머니일세."

"아! 그러셨군요. 예리나 아가씨, 장동찬이라고 합니다. 앞으로 잘 부탁드리겠습니다."

"예리나예요. 앞으로 잘 부탁드릴게요."

"예리나 아가씨, 민경흠입니다. 앞으로 잘 부탁드리겠습니다."

"예리나 아가씨, 강도술이라고 합니다. 앞으로 잘 부탁드리겠습니다."

"예리나 아가씨, 처음 뵙겠습니다. 장경태입니다. 앞으로 잘 부탁드리겠습니다. 자 여기, 제 명함입니다. 필요한 일이 있으면 불러 주십시오. 신명을 다해 모시겠습니다."

장동찬의 행동대장 중 장경태가 제일 머리가 잘 돌아가는 듯 인사만 한 게 아니고 명함까지 주었다. 장경태가 명함을 건네는 걸 보고 다들 명함을 꺼내 예리나에게 건네는 것이었다.

원무과에 들러 예리나 엄마가 입원해 있는 병실을 물어보자 원무과 직원은 지나가는 간호사를 부르더니 특실로 안내하라는 것이었다.

'어! 난 분명 1인실로 기재를 했는데……'

강권은 이상한 생각이 들어 고개를 갸웃거리지 않을 수 없었다.

그런데 정작 병실에 들어서자 경악을 금치 못했다. 이건 병실이 아니라 완전 호텔이 아닌가? 병실 안에 가족실, 응접실은 물론이고 인터넷실까지 구비되어 있었던 것이다.

그러고 보니 언젠가 신문에서 본 적이 있는 것 같았다.

'이 병실이 바로 그 하루 400만 원 한다는 그 병실인 모양이군.'

강권이 어떻게 된 거냐고 장동찬을 쳐다보자 장동찬은 창밖을 보며 딴청을 피웠다.

강권은 도로 물리라고 하려다가 예리나가 감격을 해서 눈물을 글썽이는 것을 보고는 그만두었다.

갈증이 나서 시원한 것을 마시려고 냉장고 문을 연 강권은 또 한 번 놀라지 않을 수 없었다. 냉장고에 온갖 먹거리들로 꽉꽉 채워져 있었기 때문이다.

그것뿐이 아니라 씽크대 위의 수납장에는 커피와 녹차는 물론이고 갖가지의 한방차까지 온갖 종류의 차들이 구비되어 있었다.

영동 세브란스 병원에서 서울 성모병원까지는 불과 20~30분밖에 걸리지 않는다. 그러니까 10~20분 사이에 다 채워 놓았다는 말이 된다.

"장경태군, 자네 짓인가?"

"예, 죄송합니다. 어르신께서 어떤 것을 좋아하시는지 몰라 대충 채우게 했습니다. 부족한 것이 있으면 즉시 채워 놓도록 하겠습니다."

"하, 아닐세. 고맙네. 내가 너무 신세지는 것 같아 그런 것뿐일세."

강권은 호통을 치려다 이렇게 말할 수밖에 없었다.

❖　❖　❖

약속시간이 다 되어서 가려 했지만 예리나가 오지를 않아 강권은 초조해졌다. 장경태와 한참을 속닥거리더니 바람을 쐬고 오겠다고 나가더니 함흥차사였다.

인터넷에서 빠른 길 찾기로 성북동을 쳐 보니 서울 성모병원에서 대략 40분 정도가 소요되었다.

지금 시간은 6시.

막 나가려고 하는데 예리나가 옷을 몇 보따리를 들고 들어왔다.

물론 포터는 터미널파의 쫄따구였다.

"리나야, 어떻게 된 거야?"

"예. 죄송해요. 입을 옷이 마땅찮다고 경태 아저씨가 옷을 사 주겠다고 해서……."

"휴우, 알았다. 나 약속 시간이 늦어서 나가 볼 테니 갔다 와서 얘기하자."

"민경흠 군만 남고 다들 돌아가서 일 보도록. 그리고 특별한 일이 없으면 출입을 금한다. 알겠나?"

"예, 알겠습니다. 어르신."

강권이 인상을 쓰며 말하자 장동찬을 위시해서 잔뜩 긴장을 하고는 강권의 뒤를 따랐다.

"이봐, 장경태 군, 과유불급(過猶不及)이라는 말이 있네. 지나치면 모자람만 못하다는 말이지. 자네에게 딱 해당되는 말이네. 내 볼 때 자네는 지나치게 머리가 좋아. 자네 꾀에 자네가 당하기 십상이라는 말이네. 명심하게."

"예. 죄송합니다, 어르신."

"내 좀 더 얘기해 주고 싶은데 약속시간 때문에 이만 가 보겠네. 가서 일들 보도록 하게."

"예, 어르신. 다녀오십시오."

❖　❖　❖

성북동으로 들어서자 강권은 성북동이 풍수지리 5대 요소인 용혈사수향(龍穴砂水向)을 모두 갖춘 곳이라는 것을 느낄 수 있었다. 당연히 최고의 명당이 될 수밖에 없는 곳이었다.

'이래서 부자 동네라는 말이 나왔던 모양이지?'

강권은 고개를 끄덕거리지 않을 수 없었다.

그처럼 성북동은 북한산과 그 지류가 용(龍)을 이루고 험하기로 유명한 북한산 산세가 이곳에서 끝나면서 땅 기운이 그대로 모인 혈(穴)을 이루었다.

특히 성북동으로 들어오는 북한산의 강한 기운은 박환(剝換)의 순화 과정을 거쳤기에 인간이 아무런 부담이 없이 땅의 기운을 그대로 이용할 수 있는 곳이어서 더욱 가치가 있었다.

게다가 성북동은 동네 자체가 숲 속에 있고 북한산의 지류가 병풍처럼 주변을 감싸고도는 모양새여서 사(砂) 이른바 좌청룡, 우백호 또한 탁월했다.

그것뿐만 아니라 좌청룡·우백호와 함께 중요한 요소의 하나인 안산(案山)의 경우에도 부귀영화가 흐르는 땅이라는 일자문성(一字文星)을 이루니 어찌 명당이 아닐 수 있겠는가?

금상첨화인 점은 재물을 의미하는 물(水)이 골짜기마다 흘러나오지만 빠져나가는 곳은 한 곳이기 때문에 돈이 모일 수밖에 없는 지형이라는 것이다.

끝으로 성북동의 풍수지리 5대 요소 중 향(向)은 배산임수의 이치에 맞게 북쪽의 북한산을 등지는 남향이어야 한다는 것이다.

강권이 성북동의 풍수를 살피다 보니 어느 순간 김철호의 집에 도착해 있었다. 강권은 차에서 내리려다 뭔가 이상한 점을 느꼈다. 박환(剝換)이 되어 순화되던 지기(地氣)가 김철호의 집에서 갑자기 용솟음치고 있었다.

가만히 살펴보니 앞집이 문제였다. 앞집의 건축이 너무
나 교묘하게 능을 만들어서 박환이 되어 순화가 되었던
기운을 다시 증폭시켜서 김철호의 집을 졸지에 과롱처(過
龍處:용이 지나는 자리)로 만들어 버린 것이다.

과롱처는 쉽게 말하면 고압선이 지나는 자리라고 보면
된다.

외국의 연구에 의하면 고압선 근처는 그렇지 않은 곳보
다 백혈병 등의 암이나 각종 성인병의 발병률이 급증한다
고 한다.

더욱 두려운 것은 그런 곳, 고압선 근처에 사는 사람들
은 원인도 모르게 아파서 병원을 들락거리다가 죽게 된다
는 것이다. 과롱처도 마찬가지여서 과롱처에 사는 사람은
원인 모르게 죽거나 그렇지 않으면 하는 일마다 꼬이는
사단이 발생한다.

'어떤 놈이 집을 이따위로 지었지? 의도적으로 지었다
면 풍수의 경지가 엄청 높은 놈일 텐데.'

강권이 집 주인이 누구인지 궁금해서 문패를 보니 김호
중이라는 이름이었다.

'한세 그룹의 회장 김경동이 일본인 부인에게서 얻은
아들이 김호중이라고 했지. 설마 그 김호중은 아니겠지?'

이 집에 사는 김호중이 김철호의 형이 되는 김호중이라
면 의도적으로 이런 집을 지었을 가능성이 컸다.

'김철호를 해코지해서 한세 그룹을 손에 넣겠다는 건가?'

강권은 그럴 가능성이 충분하다는 생각이 들었다.

'김호중에 대해서 한 번 조사해 보라고 해야겠군.'

내심 이렇게 생각하며 김철호의 집 초인종을 누르려다 등 뒤에서 상당히 강한 기운을 느껴 돌아보니 렉서스ISOF 모델의 차가 차고로 들어가는 것이 보였다.

'저 집이 김호중의 집이 확실한 것 같군. 일본 놈 아니랄까 봐 풍수로 장난을 친다는 건가? 네놈들은 천벌이 가까이 왔다는 걸 아느냐?'

천기로 볼 때 일본의 침몰은 멀지 않았다.

그것은 단순히 땅이 가라앉는다는 의미만은 아니다. 일본은 쇠지(衰地)이고, 쇠지의 기운으로 육양(育養)된 것 또한 쇠지의 영향을 받는다는 것이다.

한마디로 그 땅의 기운을 받고 생명을 유지하는 자들은 재수 없어지고 되는 일이 없어진다는 의미다.

일본이 아직까지 버티고 있는 것은 회광반조의 의미밖에 없다.

일본이 그럴 수밖에 없는 이유는 역사적으로 보나 명리학상으로 보나 모국(母國)인 대한민국에 패악을 저질렀기 때문이다.

강권은 심호흡을 해서 흥분된 마음을 가라앉히고는 대

문 옆에 붙어있는 초인종을 눌렀다.

"어서 오십시오, 어르신. 기다리고 있었습니다."

"그래. 조금 늦은 것 같군, 사람들은 전부 모였나?"

"예, 어르신. 차고 문을 열어 드릴 테니까 그리로 들어
오십시오."

"알았네."

강권이 차고 안으로 들어가니까 사람들이 모두 몰려나
와 강권을 마중했다. 그들 대부분은 강석천에게서 무술을
배우고 있는 천살문도들이었다.

송시후와 김철호를 제외하고는 다 씨크릿 컴퍼니의 팀
장들이기도 했다. 이들 씨크릿 컴퍼니의 팀장들은 다들
조폭 조직의 보스들이어서 강권을 어르신이라고 불렀다.
배분이 워낙 차이가 나다 보니 조사(祖師)라 불러야 정상
이지만 그저 어르신이라고 통칭해서 불렀다.

조폭들이 어르신이라고 부르는 것도 같은 맥락이었다.
보스들이 강권을 어르신이라고 부르니 따라 부를 수밖에
없었던 것이다. 물론 어르신이라고 부르는 것은 중간 보
스까지였다. 그 아랫것들은 총보스니, 뭐니 지들이 꼴리
는 대로 불렀다.

강권의 위엄에 거슬리지만 않으면 윗선은 크게 신경 쓰
지 않았기 때문이다.

"어르신, 어서 오십시오."

"그래. 다들 기다리느라고 애썼네."

"어르신, 제가 앞장서겠습니다. 저를 따라오십시오."

김철호가 직접 집과 연결되어 있는 엘리베이터로 안내를 하자 강권은 그걸 알아차리고 정원으로 안내하라고 했다.

집안에서 풍수를 확인하고 싶었기 때문이다.

김철호는 강권의 명을 받자 주차장 구석에 있는 쪽문을 열고는 앞장서서 올라갔다. 지상으로 올라가 마당을 보자 강권이 생각했던 것이 명백해졌다.

"흐음, 자네 방이 어디인가?"

김철호는 영문을 몰라 눈알을 굴리다가 서쪽에 있는 방을 가리키며 말했다.

"저쪽에 제 방이 있습니다."

"그래? 그럼 여기에서 마주 보이는 방은 누구 방인가?"

"돌아가신 어머님이 쓰셨던 방입니다."

"흐음, 그렇단 말이지?"

강권은 침음성을 터트리며 사방을 둘러보면서 무언가 곰곰이 따지고 있었다.

'이런 나쁜 놈들 같으니라고. 풍수를 이용해서 사람을 죽이려고 해. 천하의 명당(明堂)을 천하의 악지(惡地)로 만들어 놓다니. 이곳은 내가 수련했던 곳보다 오히려 더

기가 센 곳이 되지 않았는가 말이다.'

강권은 고개를 절레절레 젓다가 김철호에게 물었다.

"철호 군, 이 집에서 3년을 버틴 사람이 없겠구먼. 그렇지 않은가?"

"예. 어르신, 어떻게 그걸 아십니까?"

"저 앞에 김호중의 집이 있던데 지은 지 얼마나 되었는지 아는가?"

"예, 어르신. 제가 미국으로 유학 가 있을 때 지어졌다고 하니까, 대략 10여 년 정도 되었을 것입니다."

"혹시 자네 어머님이 돌아가신 게 대략 4~5년 정도 되지 않았는가?"

"어떻게 그렇게 잘 아십니까? 어머님께서는 5년 전에 돌아가셨습니다. 혹시……."

김철호는 강석천에게 무공을 배우면서 자연스럽게 천살문도가 된 씨크릿 컴퍼니의 팀장들과 어울렸고, 그래서 아는 게 아닌가 하고 물으려다 실례가 되는 것 같아 입을 다물었다.

"자네 내 말을 잘 듣게. 김호중의 집이 들어서면서 천하의 명당에 속하는 이 집이 천하의 악지가 되었네. 아마 모친이 돌아가셨던 것도 아마 그 영향 때문일 걸세."

"예에? 그럼 어떻게 하면 좋겠습니까?"

"풍수지리학에 이른바 비보(裨補)라는 것이 있네. 이를 테면 만약 사람의 병을 혈맥을 찾아 침을 놓거나 뜸을 떠서 치료하는 것처럼 산천의 병 또한 절을 짓거나 불상을 세우거나 해서 치료한다는 것이지. 내가 혈을 찾아 줄 터이니 그 자리에 바위를 사용해서 만물상을 세우도록 하게. 그럼 다시 명당의 기운을 회복할 것일세. 어쩌면 예전보다 더 좋은 터가 될 수도 있을 것일세."

"어르신, 정말이십니까?"

김철호가 강권의 말에 반문을 하자 강권의 뒤에 서 있던 강석천이 살기를 내뿜으며 김철호를 노려보았다. 강석천의 독사눈처럼 째진 눈에서는 새파란 살기가 번들거렸다. 그러자 김철호는 가슴이 철렁 내려앉았다.

김철호가 강석천에게 무공을 배운지 1주일이 채 되지 않았지만 강석천이 어떤 존재라는 것을 잘 알고 있었다. 그런 강석천이 강권을 신적인 존재로 여기고 있는데 자신이 감히 그의 말을 부정했다는 것은 강석천을 모욕하는 것이나 마찬가지라는 생각이 퍼뜩 떠올랐던 것이다.

"죄, 죄송합니다. 어르신, 제가 어르신의 말을 믿지 못하는 게 아니라 어머님께서 천수를 누리지 못했다는 것이 믿어지지 않았다는 것이었습니다."

"철호 군, 괜찮네. 나라도 그랬을 것이니까 말이네. 그리고 강 이사, 강 이사는 살기를 죽이는 훈련을 더해야 되겠어. 살기를 완전 죽일 수 있다면 일류 반열에 오를 수 있을 거야. 알겠나?"

"예, 사장님."

김철호는 살인 기계라는 스승 강석천이 강권의 말에 깜빡 죽는 것을 보며 가슴이 서늘해졌다. 까딱 잘못했으면 자신은 영락없이 죽거나 병신이 되었을 것이란 생각이 들자 등골이 오싹해졌던 것이다.

❖　❖　❖

7시에 하겠다는 저녁은 8시가 훨씬 넘어서야 시작되었다.

강권이 비보책(裨補策)으로 세울 만물상의 위치, 크기와 모양 등을 자세하게 가르쳐 주느라고 시간이 오래 걸렸기 때문이었다.

김철호는 원래 풍수 따위는 믿지 않았는데 강권의 말을 듣고는 믿지 않을 수 없었다.

케이크를 자르고 식사가 막 시작되었는데 예리나에게 전화가 왔다.

—오빠, TV 보고 있어? 낮에 병원에 왔던 아저씨들이 TV에 나오고 있단 말이야. 조금 후에는 경찰청장이 나와서 민생을 위협하는 조폭들과의 전쟁을 선포하겠다고 한대. 어떻게 해?

"알았다. 이만 끊자. 조금 있다 전화하마."

강권은 전화를 끊자마자 얼추 뉴스 시간이 된 것 같아 김철호에게 뉴스를 보자고 했다.

김철호는 재깍 TV를 틀고는 뉴스를 하는 곳에 채널을 고정시켰다. 그런데 그 내용이 장난이 아니었다.

영동 세브란스 병원에서 세기파의 조폭들이 병원을 올라가는 길 양쪽에 쭉 도열하고 서서 누군가를 기다리고 있고, 마침내 그 존재가 등장했다. 강권이었다.

그런데 무도 경관 황성윤 경위와 강권의 대화 내용은 쏙 편집이 되어 있었다. 강권의 모습을 한참 비춰 주던 화면은 시민이 제보했다는 동영상으로 이어졌다. 강권이 자신의 애마를 타고 사라졌는데도 조폭들은 여전히 고개를 숙이고 있었다.

이후 시민이 제보했다는 동영상의 내용을 보면서 경찰대 교수가 나와서 조폭들의 폐해에 대해서 조목조목 나열하면서 조폭들은 사회를 좀 먹는 벌레라고 했다. 이어서 조폭들에게 당했다는 피해자들의 인터뷰가 속속 이어졌다. 그리고는 마침내 강희복 경찰청장이 범죄와의 전쟁을 선포했다.

그런데 웃긴 것이 이 모든 것이 강희복 경찰청장이 인터뷰를 자청해서 벌어졌다는 것이었다.

'이 새끼가 한 번 해 보자는 것이군. 대선이 얼마 남지 않았는데 저걸 이용해서 한몫 보겠다는 소리겠지? 경찰청장은 해먹었으니 이번에는 장관 자리를 노리겠다는 건가?'

그럴 가능성이 컸다. 권력을 가진 자가 뒤가 구릴수록 더 외쳐 대는 게 민생 치안이다. 박정희가 쿠데타를 일으켜 정권을 잡자마자 깡패들을 소탕하겠다고 설쳤고, 전두환이 12ㆍ12사태로 정권을 잡으면서 삼청교육대로 깡패들을 순화시키겠다고 설쳤다.

그렇지만 그것이 생색 내기용에다 실적주의에 그쳐서 상당수의 죄 없는 사람들과 집이 없어 떠돌던 부랑자들이 희생양이 되어 인권유린을 당해야 했다. 아마 이번에도 강희복의 감투 욕심에 상당수의 무고한 국민들이 희생을 당할 것이다.

'멍청한 새끼. 박정희, 전두환 때와 지금은 시대가 완전 달라졌다는 걸 알아야지.'

강권은 어쩌면 이 상황이 여러모로 전화위복이 될 것이라는 생각이 들었다.

우선 조폭들을 양지로 이끄는 계기가 될 것이다. 몸을 사리는 조폭들에게 땀의 신성함을 가르쳐서 보람을 맛보게 함으로써 상당수의 조폭들이 선량한 국민으로 거듭날 수 있을 것이다.

둘째로 자신이 조폭 우두머리들을 굴복시킴으로써 주먹

계를 평정했는데 그걸 용인하지 못하는 무리들이 경찰 쪽에 붙을 것이고 그로써 피아를 명확히 구별할 수 있을 것이다.

셋째, 이경복이 이번 기회에 인권 변호사로서 명성을 떨칠 것이고, 씨크릿 컴퍼니의 배경이 될 만한 거목으로 성장할 수 있을 것이다.

강권은 생각이 어느 정도 정리가 되자 씨크릿 컴퍼니의 팀장들을 바라보았다. 그 누구보다 정신적 타격을 받았을 사람들 아니겠는가?

"어떻게들 보았나?"

"저런 새끼가 경찰청장이라니, 대한민국에 인재가 너무 없다는 생각이 듭니다."

"6팀장, 그렇게 이를 갈 필요가 없어. 위기라는 말이 있지? 위험과 기회가 합쳐진 말이야. 확실히 우리 식구들에게는 위험하기 짝이 없어. 하지만 냉정하게 대처를 한다면 이번 기회를 빌려 우리 식구들에게 떳떳한 직장을 잡아 주는 계기로 삼을 수 있을 거야. 그렇게 된다면 오히려 전화위복이 될 수도 있지 않겠는가? 바로 내가 자네들과 처음 만났을 때 했었던 얘기지."

"예, 그렇습니다."

"그러니 전혀 동요하지 말고 냉정하게 대처하자고."

"예, 알겠습니다."

강권의 말이 먹혀들었는지 대답하는 팀장들의 목소리가 차분해져 있었다. 강권은 미소를 지으며 9팀장과 10팀장을 불렀다.

"예, 어르신. 말씀하십시오."

"자네들이 해 줘야 할 일이 있어."

"명령만 내리십시오. 목숨을 바쳐서라도 완수하겠습니다."

"목숨까지 바칠 필요는 없고, 자네들은 팀원들을 데리고 이경복 변호사를 도와주도록 하게. 강희복을 때려잡을 사람이니까 말이야. 내가 편지를 써 줄 테니까 내일 아침 일찍 9팀장과 10팀장은 이경복 변호사 사무실로 가서 그걸 전하게. 그럼 이경복 변호사가 해야 할 일을 알려 줄 거야."

"예, 알겠습니다. 어르신."

강권이 이경복 변호사를 도와주기 위해서 9, 10팀을 택한 것은 그들이 제일 조폭과 멀어보였기 때문이다. 조폭들 중에서 제일 조폭답지 않은 조폭, 제일 호리호리하고 곱상하게 생긴 조폭들이 9, 10팀에 배정되었다. 그렇다고 이들의 실력이 떨어진다는 말은 아니었다.

강권은 그들의 대답을 듣고 6팀장을 보며 말했다.

"6팀장은 팀을 데리고 당분간 잠수를 타야 할 거야. 명일영이 상을 보건데 이를 갈고 있을 거거든. 명일영이 강희복이에게 붙어 자네를 잡으려고 들 거야."

"예, 알겠습니다. 어르신."

"강 이사, 강 이사가 저들이 숨어 있을 곳을 알아봐.
조호명 장군이나 최창하 장군과 상의를 하면 잘될 거야.
그 일을 마치면 곧장 미림으로 가서 7, 8팀을 도와주도록
하게."

"예, 알겠습니다. 사장님."

강권은 잠시 눈을 감고 무언가 생각하는 것 같더니 눈
을 뜨고는 김철호를 보며 말했다.

"철호 군, 아마 경찰청에서 자네를 호출하게 될 거야.
몇 번 버티다가 변호사를 대동하고 가게. 그리고 자네 소
신껏 말하게."

"예, 알겠습니다. 어르신."

"1, 2, 3팀장은 당분간 김철호 군을 도와서 한세를 김
철호 군 체제로 갈 수 있도록 정비를 해 놓게. 지금 당장
김철호 군에게 넘기는 게 아니고 대략 6개월에서 1년 사
이 어느 시점에 넘길 거니까 티가 나지 않도록 꾸며 놓기
만 하게."

"예, 알겠습니다. 어르신."

"4, 5팀장은 나를 돕도록 하고, 7, 8팀장은 미림에
가서 미림을 중국의 산업스파이들로부터 지키도록 하게.
7, 8팀과 강 이사가 상대해야 할 적들은 화골산이 묻어

있는 수수전이라는 무협지에나 나오는 무기들을 쓰는 적
들이라네. 더 해괴한 무기들을 갖고 있을 수도 있어. 그
러니 조심스럽게 상대를 하고 적이라는 생각이 들면 그대
들의 주특기인 투척 무기를 사용해서 죽여도 좋네. 알겠
지?"

"예, 알겠습니다. 어르신."

7팀과 8팀은 특수부대 복무자와 북파대원들이 대부분
이었다. 그런 특성을 살려 그들에게 협공술을 가르쳐 주
었다. 강권은 7, 8팀원들을 주시하며 말했다.

"노파심에서 다시 한 번 강조하겠네. 7, 8팀은 절대
개인행동을 하지 말고 항상 조별로 움직이도록 하게. 개
인행동을 했다가는 죽는 수도 있으니까 화장실에 가더라
도 반드시 조원 전부 함께 가도록 하게. 또한 적을 상대할
때는 적이 아무리 어설퍼 보이더라도 절대로 적을 경시하
지 말고 한 명을 상대하더라도 내가 가르쳐 준 합격술로
상대하도록 하게. 알겠나? 이 말은 강 이사에게도 해당이
되는 말이야. 명심해야 하네."

"예, 명심하겠습니다. 어르신."

강권은 대충 임무를 분배했다는 생각이 들자 한숨을 쉬
며 우려하던 일이 제발 발생하지 않기를 빌었다.

경건하게 기도하듯 감았던 눈을 뜨면서 강권은 자신을
바라보고 있던 천살문도들에게 말했다.

"이번 사건으로 우리 씨크릿 컴퍼니의 처음 맞는 위기가 태동하게 되었네. 아까도 말했지만 위기란 것은 위험과 기회가 합쳐진 말일세. 우리가 어떻게 대처하는가에 따라서 우리 씨크릿 컴퍼니는 이대로 좌초할 수도 있고, 그 위험을 딛고 일어나서 세계 최고의 회사도 될 수 있네. 이 모든 것이 바로 여러분들의 손에 달려 있음을 명심하고 항상 냉정을 잃지 말도록. 알겠나?"

"예, 알겠습니다. 어르신."

강권은 김철호의 얼굴을 한참 동안 뚫어지라고 보더니 한숨을 내쉬며 말했다.

"철호 군, 군자의 복수는 10년 후라도 늦지 않다는 말이 있네. 당분간 김호중과 거리를 유지하도록 하게. 오늘 오다가 강 이사에 필적할 만한 고수가 김호중의 집으로 들어가는 걸 봤네. 김호중을 잡을 시기는 6개월 후에나 오니까 그렇게 알고 자중하도록 하게. 자네가 잘못된다면 자네가 그토록 원하던 김미진은 영원히 물 건너가니까 알아서 하도록 하게. 알겠는가?"

"예, 어르신. 잘 알았습니다."

강권은 매스컴에 타서 너무나 유명해져 버린 자신의 애마를 김철호의 주차장에 두고 강석천의 차로 서울 성모병원으로 돌아왔다.

강권의 마음 깊은 곳에서는 [큐어] 마법을 사용해서 예리나 엄마를 치료해 보고 싶은 욕구가 샘솟았다. 만약 마법으로 예리나 엄마를 치료하는데 성공한다면 앞으로 흘리게 될 피 중에서 상당 부분은 흘리지 않아도 될 것이었기 때문이다.

제9장
약간의 오차. 그 의미가 뭘까?

임성천은 고3 학생이다.

지금 시간은 0시 10분. 고3이 자기에는 조금 이른 시간이었다. 그런데 오늘따라 너무 피곤해서 그냥 눕고만 싶었다.

그렇지만 이대로 잘 수 없었다.

4당(當) 5락(落).

4시간 자면 합격을 하고 5시간 자면 떨어진다는 말이다.

성천은 정신을 차리려고 책상에서 일어나 창가로 갔다.

"안 돼, 임성천. 조금만 더 공부하다 자자. 죽으면 자고 싶지 않아도 늘어지게 자야 할 테니 조금만 더 참고 딱 열 문제만 더 풀고 자자."

성천은 스스로에게 최면을 걸 듯 말하며 고개를 좌우로 돌리고 뒷목을 주물럭거리면서 수마와 싸웠다.

번쩍!

대기오염과 화려한 네온사인으로 별빛을 잃어버린 서울 상공에 보라색의 형광빛이 반짝였다.

"어!"

성천이 어하고 탄성을 지르는 사이에 그 빛은 자취를 감추었다.

그토록 인세에는 다시 보지 못할 상서로운 빛이 그토록 짧게 반짝이다 사라졌다는 것이 너무나 아쉬웠다.

"그게 무엇이었을까?"

잠깐 반짝거렸던 그 보라색의 형광빛을 보고난 다음 임성천의 암울하던 가슴은 청량제를 먹은 듯 시원해졌다. 그리고 피곤이 씻은 듯이 사라지고 잠도 확 깼다.

"그 빛을 다시 한 번 더 볼 수는 없을까?"

성천은 그 빛이 비쳤던 상공을 쳐다보았다.

"고속터미널 쪽이었지?"

성천이 한참 그쪽을 바라보다 다시 공부를 하려고 자리에 앉으려는데 다시 보랏빛이 상서로움을 발산했다.

"와!"

탄성을 토해 내자 그 보랏빛도 사라져 버렸다.

"그게 무엇이었을까?"

성천은 고속터미널 방향에 있는 어떤 빌딩 안에서 그 빛이 빛났다는 것을 알았다. 그런데 그 빛을 보려고 목을 길게 뽑고 기다렸지만 다시는 볼 수 없었다.

❖ ❖ ❖

강권은 예리나가 잠들기를 기다렸다가 두 차례나 [큐어] 마법을 사용해서 예리나의 엄마를 치료했다.

[큐어] 마법은 5클래스의 마법이어서 그런지 3클래스의 치료마법인 [힐]과는 달리 마나의 소모가 너무 많았다.

그래도 치료 효과가 어느 정도 있는 것 같아 몸은 피곤했지만 마음은 아주 가벼웠다.

"몇 개월 동안 식물인간으로 있었는데 단시간에 나을 수는 없겠지. 약간이지만 차도가 보이는 것 같으니까 그걸 위안 삼아서 좀 더 시일을 두고 치료를 해 보자고."

강권은 이렇게 중얼거리면서 가부좌를 틀고 무진신공을 돌렸다.

그런데 오늘따라 무진신공의 회복이 너무나 더딘 것 같았다. 그것뿐만 아니라 무진신공이 제대로 통제가 되지 않아 마치 무진신공이 그동안 지나다녔던 자기 길로 가지 않으려는 것 같았다.

강권은 하는 수 없이 더욱 정신을 집중해서 무진신공의

법문에 매달려야만 했다.

그러기를 얼마나 지났을까.

강권은 환상처럼 새로운 길을 보게 되었다.

"아! 어, 어떻게 그럴 수 있지?"

그 새로운 길은 구불구불 도는 것 같은데도 더욱 빨리 갈 수 있는 환상적인 길이었다. 마치 축지법을 쓰는 것 같았다.

그렇다고 무진신공의 법문에 위배되는 것은 전혀 없는 것처럼 느껴졌다.

"어떻게 이런 일이……."

강권은 문득 떠오르는 것이 있었다.

무진신공은 땅의 기운을 받아들이는 내공심법인데 이곳은 무려 60여 m 상공이었다.

"아! 그래서 그런가?"

강권은 새로운 운기 방법에 대해서 좀 더 알아보려고 명상에 들어갔다. 아니, 들어가려 했다는 게 정확한 표현일 것이다. 전화벨 소리에 명상을 접어야만 했으니까.

강권은 무진신공의 6성 이상의 경지에 오를 수 있는 방법을 엿볼 수 있었는데 그런 일생일대의 기회를 놓쳐 버리자 기분이 상해서 투덜거렸다.

"에이! 이 시간에 누구야?"

강권이 액정 화면을 보자 내 사랑이라고 찍혀 있었다.

경옥이었다. 평소에도 매일은 아니지만 이따금 새벽에도 전화를 했으니까 새삼스러울 것도 없었다.

"경옥이가 잠이 오지 않았나 보군."

강권은 중얼거리며 통화를 연결했다.

"여보세요."

—흐흐흐흑······.

경옥이가 말도 하지 못하고 서럽게 울고 있었다.

"옥아! 무슨 일이야? 왜 그래?"

—흑흑흑······.

"왜 그래? 말을 해야 내가 뭘 해도 하지?"

—흑흑 자기야 나 어떡해. 흑흑······.

강권은 경옥이 슬피 울고 있는데 자기는 경옥에게 아무 도움도 될 수 없는 게 마음이 답답해졌다. 강권은 봉황음 중에 정(定)자 결을 사용해서 물었다. 전화로도 가능한지 그렇지 않을지에 대해서 생각해 보지 않고 그저 경옥을 달래 주고 싶었던 것이다.

"옥아! 무슨 일이니?"

봉황음이 효과가 있었는지 경옥은 울음을 그치고 무슨 일이 벌어졌는지 말하는 것이었다.

—자기야, 아버지께서 돌아가셨어. 나 어떡해.

"지금 어디에 계셔?"

—명지병원. 나 어떡해. 자기야.

"조금만 기다리고 있어. 내가 금방 갈게."

강권은 전화를 끊고 5팀장에게 전화를 걸어 예산에 있는 명지병원으로 오라고 했다.

그리고는 내려와서 곧장 택시를 잡아탔다.

"손님, 어디로 모실까요?"

"예, 예산 명지병원으로 빨리 가 주십시오."

"저, 손님, 죄송한데 예산까지 가면 미터기 요금의 배는 주셔야 하는데요."

"알았습니다. 돈은 걱정하지 마시고 빨리나 가 주십시오."

택시기사는 강권이 다급한 목소리로 빨리 가주기나 하라고 하자 속도를 높이고 적당히 신호위반도 해 가면서 달렸다.

그 결과 두 시간은 걸릴 거리를 1시간 10분 만에 도착했다.

"손님 다 왔습니다."

"고맙습니다. 자, 여기 있습니다. 거스름돈은 필요 없습니다."

강권은 운전기사에게 10만 원짜리 수표 두 장을 건네주고는 장례식장으로 들어갔다.

5팀장이 이미 손을 써 두었는지 시신이 장례식장에 들어온 지 불과 30분밖에 되지 않았는데 수많은 조화(弔花)

가 늘어서 있었다.

놀라운 것은 그 조화 중에는 대통령 이무영이란 글자가 새겨진 조화가 있다는 것이었다. 그 외에도 홍성 예산 국회의원 임종철, 특전사령관 조호명, 3공수여단장 최창하, 한세 그룹 기획조정실장 김철호, 주식회사 미림 김미진 등의 글귀도 보였다.

그리고 식장을 더 엄숙하게 만드는 것은 검정색 양복을 쫙 빼입은 10여 명의 건장한 청년들이 안내하고 있다는 것이었다.

강권은 조금 기다리고 있다가 강석천이 가져온 검정색 양복으로 갈아입고 분향을 했다.

그리고는 예비 장모를 대신해서 상주 자리를 지켰다.

"우리 노태훈 교장선생님은 정말 훌륭한 분이셨나 봐. 그지?"

"맞아. 그러지 않는다면 대통령님께서 조화를 보내실 리 있겠어?"

"그런데 교장선생님은 어떻게 그렇게 발이 넓지? 정계, 재계를 쥐락펴락하는 엄청난 거물들이 조화를 보냈더라고."

"그뿐이야? 쓰리스타인 특전사령관과 공수여단장은 물론이고 강희복 경찰청장까지 직접 조문을 왔다고 하더라니까."

"정말이지 예산이 생기고 나서 최고의 장례식이 아닌가 싶어."

"전례가 없을 뿐만 아니라 앞으로도 그런 장례식은 없을 거야."

이처럼 노태훈의 장례식은 한동안 예산군을 떠들썩하게 만들었다. 일개 시골 중학교 교장의 장례식에 대통령이 조화를 보내 오고 정관계 인사들 다수가 직접 조문을 왔다.

비록 떠들썩한 장례식이 천붕을 당한 노경옥의 서러움을 다 씻어 내지는 못하겠지만 대신에 푸근히 기댈 수 있는 언덕을 주었다. 특히 남자 형제가 없어 어딘지 모르게 허전했을 장례식장을 지켜 줌으로 든든한 버팀목이 되어 준 강권에 대한 사랑은 더욱 깊어져 갔다.

단 한 번도 보지 못했던 강권을 이미 사위로 생각하는 경옥의 엄마는 평생 짝을 잃은 슬픔도 잊고 언뜻언뜻 미소를 보이고 있었다.

"그래, 우리 경옥이와는 언제부터 사귀게 되었는가?"

"어머님, 사귄 기간이야 얼마 되지 않지만 천생연분으로 생각하고 있습니다."

그래 나이는 몇이고, 하는 일은 무엇이고…… 수많은 질문들이 끊임없이 이어졌고, 어떤 대답에는 만족한, 또 어떤 대답에는 조금 아쉬움을 느꼈다.

하지만 이순임 여사의 강권에 대한 믿음만큼은 흔들리지 않았다. 정작 사위인 이진우는 해외여행을 가서 장례가 끝날 때까지 코빼기도 비치질 않는데 결혼도 하지 않은 강권은 처음부터 끝까지 장례 절차를 지켰기 때문이었다.

어디 그것뿐이랴. 장례식장에 북적거리는 사람들은 둘째의 밝은 앞날을 확인시켜 주고 있었으니 이제 죽어도 여한이 없을 것 같았다.

그래서 그랬을까? 남편 노태훈을 땅에 묻은 지 하루 만에 이순임 여사는 자는 듯 눈을 감았다.

이것은 강권이 보았던 미래와는 상당히 다른 것이었다. 강권은 또 한 번 수고를 해야 했고, 경옥과 핏덩이 하나를 떠안게 되었다.

위안이라면 경옥과 함께 산다는 것이었다. 물론 결혼식은 하지 않았지만 혼인신고를 했으니 정식 부부가 된 것이다.

―얘, 니 신랑 있니?

"명희야, 무슨 일인데?"

─우리 연구소에 누군가 침입을 했는데 누가 침입을 했는지 좀 알아볼까 싶어서 말이야.

"그거야 니가 직접 전화를 하면 되잖아?"

─호호, 친구 좋다는 게 뭐니? 이런 때 쓰지 않으면 언제 쓰겠어? 니 빽 좀 쓰자.

"이 계집애도. 그나저나 뭐 잊어버린 것 있어?"

─잊어버린 것은 없는 것 같은데…… 엄청난 경비를 뚫고 어떻게 들어왔을까 알고 싶어서 말이야.

"알았어. 우리 그이 오면 말해줄게."

경옥은 일단 혼인신고를 하고 봉천동 집에서 신접살림을 차리게 되자 업무 시간 중에는 특별한 일이 없으면 절대 강권에게 전화를 하지 않았다.

어머니 이순임 여사의 생전에 강조하던 가르침이 남편을 성공하게 하려면 직장에서만큼은 가정 일을 잊고 일에 몰두하게 만들어 주어야 한다는 것이었기 때문이다.

경옥은 강권과 살게 되면서 마음의 안정을 얻었다.

조카인 상후를 키우며 강권을 기다리는 것이 너무나 행복했다.

그런데 웬수인 언니가 장시간 해외여행을 갔다 오자 사정이 조금 달라졌다.

"얘! 평생 교육자셨던 아버지의 얼굴에 먹칠을 해도 유분수지 어떻게 결혼도 하지 않고 동거를 할 수 있지?"

"……."

똥 묻은 개가 겨 묻은 개 나무란다고 결혼도 하지 않고 떡 애부터 낳아 버린 엄청 인격자(?) 미옥의 말이었다. 경옥은 너무나 어이가 없어 할 말을 잃고 언니 미옥의 얼굴만 쳐다보았다.

"그래, 결혼은 언제할 거야?"

"올 연말이나 내년 초에 할 거야."

"뭘 그리 오래 끌어? 하루라도 빨리 결혼해야지."

경옥은 말대꾸할 가치도 느끼지 못하고 아무 말도 하지 않고 상후를 안고 젖을 먹였다.

그러자 미옥은 상후를 채트리듯이 빼앗아 안고 눈물을 쏟는다.

"오! 내 새끼, 엄마가 얼마나 보고 싶었어?"

이건 완전 정신병자도 아니고 어떻게 봐 줘야 좋을지 아무 생각이 떠오르지 않았다.

'이런, 그렇게 니 새끼가 보고 싶은 년이 새끼는 나 몰라라 하고 시집을 가 버린 거야? 이진우의 다이아몬드가 그렇게나 좋았단 말이지?'

경옥은 완전 미치광이인 언니의 행동에 속으로 욕을 바가지로 해 주고 있었다.

한참 상후를 끌어안고 질질 짜던 미옥이 눈물을 닦더니 언제 울었냐 싶은 목소리로 묻는다.

"이 집이야 니 앞으로 한다고 해도 연기와 대천에 있는 땅은 어쩔 거야? 또 선산도 그렇고."

'니가 그러면 그렇지. 니 아들 보고 싶어서 온 게 아니고 땅에 욕심이 나서 온 거겠지?'

경옥은 언니가 하는 수작이 너무나 하품이 나와서 뺨이라도 후려쳐 주고 싶었지만 가까스로 참았다.

"그래, 어떻게 했으면 하는데?"

"연기에 있는 땅과 건물은 내가 갖고 나머지는 전부 니가 갖는 게 어때?"

경옥은 어이가 없었다.

연기에 있는 땅은 1,000평 정도에 건물이 두 채였지만 조치원 읍내 상업 지구에 있어 공시지가로만 따져도 100억에 가까웠다. 반면에 대천에 있는 땅은 보령시에서도 한참 들어가는 야산으로, 기껏해야 몇 억 정도고 선산도 20~30억이 넘어가지 않았으며 봉천동 빌딩도 그 정도에 불과했다.

그런데 선산을 어떻게 팔 수 있겠는가? 그렇게 따져 보면 연기에 있는 땅이 최소한 5배 이상 더 가치가 있는 셈이었다.

경옥은 돈 갖고 싸우는 게 싫어 강권의 핑계를 댔다.

"우리 그이 오면 말해 볼게."

그런데 강권이 양반이 못 되는지 아이스박스를 두 개나

들고 들어왔다.

"여보, 우리 언니. 인사해."

"그래요? 처음 뵙겠습니다. 최강권이라고 합니다."

"아! 처음 뵙겠습니다. 제부. 노미옥이에요."

미옥은 강권의 훤칠한 모습을 보고 오줌이 찔끔거릴 정도로 반해 코맹맹이 소리로 자기소개를 했다.

눈은 강권의 얼굴에 꽂혀 있었는데 그녀의 얼굴에는 괜히 일찍 결혼했다는 후회가 담겨 있었다.

"예, 알고 있습니다."

강권은 그런 그녀가 못마땅했지만 그래도 사랑하는 경옥의 하나뿐인 언니라 참으며 사무적으로 대꾸를 했다.

그걸 느낀 경옥은 새삼 언니가 아니고 웬수라는 걸 확인하고는 가만히 한숨을 내쉬며 화제를 돌렸다.

"여보, 어쩐 일이야? 이 시간에."

"으응, 자네가 해산물을 좋아하는 줄 어떻게 알았는지 강화에 사는 친구가 새우와 도다리를 좀 보냈더라고. 그래서 싱싱할 때 먹으라고 가져왔지."

"어머, 그래요?"

"근데 이 친구는 왜 안 들어오고 그래?"

강권은 혼잣말로 중얼거리다 전화를 했다.

"성 군, 왜 안 들어오고 밖에 있는가? 빨리 들어오게. 나는 회를 한 번도 떠 보지 않았으니 자네가 뜨도록 하게."

조금 후에 30대 중반은 되었을 커다란 덩치가 양손에 커다란 아이스박스를 들고 들어오더니 박스를 옆에 놓고 경옥에게 넙죽 엎드려서 절을 하며 인사를 했다.

　"사모님, 처음 뵙겠습니다. 성기만이라고 합니다. 앞으로 예뻐해 주십시오."

　"아! 예. 빨리 일어나세요."

　"예, 사모님. 고맙습니다."

　"성 군, 빨리 회 좀 떠 보게."

　"예, 어르신. 금방 회를 떠서 올리겠습니다."

　성기만이라는 사람이 아이스박스 하나를 들고 주방으로 가는 것을 본 미옥은 눈이 휘둥그레졌다.

　덩치로 보나 나이로 보나 어떻게 제부되는 사람이 어르신이 될 수 있다는 말인가? 게다가 경옥이에게 어떻게 그렇게 극진하게 예를 올릴 수 있단 말인가?

　미옥이 절레절레 고개를 젓는 것을 본 강권은 미옥의 얼굴을 가만히 뜯어보다가 왜 여기에 왔는지 알아차렸다.

　'유산이 좀 있다더니 그것 때문에 왔겠구먼. 돈을 쓰는 재미에 팔려 지 곳간 무너지는 줄 모를 텐데. 어떻게 해야 하나?'

　강권은 미옥이 관상에서 머잖아 쫄딱 망하는 것이 보였다. 처형인 미옥과 동서되는 이진우의 사주는 이미 알고 있었기 때문에 전부 보였던 것이다.

그러니까 미옥이가 유산을 팔아치우고 생긴 돈으로 크루즈 여행을 떠나 띵가띵가 하고 있을 때 이진우의 회사는 대리경영인이 말아먹어 버릴 것이라는 거다. 그 대리경영인은 인척에 엄마와 가까우니 아마도 외삼촌이지 싶었다.

'휴우, 미운 놈 떡 하나 더 주라고 했지? 그래야 경옥이를 귀찮게 하지 않을 것이고……'

강권은 화장실에서 손을 씻는 척하며 경옥을 불렀다.

"여보, 잠깐 와 봐."

"예."

"옥아! 니 언니 유산 때문에 온 거지? 언니가 하자는 대로 해 줘. 그래야 우리가 편하니까 말이야."

"예, 알았어요. 고마워요."

"하하, 그게 어디 내 것인가? 자네 것이지."

경옥은 강권의 신통력을 이미 경험할 만큼 경험을 해서 이제 어지간한 것은 놀랍지도 않았다. 다만 자기를 생각해서 그런 결정을 내려 준 것이 고마울 따름이었다.

경옥은 강권의 뒤를 따라가다 성기만이 가져온 아이스박스가 거실 바닥에 놓여 있는 것이 보며 물었다.

"여보, 이건 뭐예요?"

"아! 그거? 꽃게와 랍스터, 전복일 거야."

"이걸 다 저분이 가져오신 거예요?"

"으응."

강권은 얼버무렸다. 성기만의 가게에서 꽃게와 랍스터, 전복을 아도했다고 말하기가 그랬기 때문이었다.

성기만은 씨크릿 6팀장인 사시미 전성호의 행동대장이 었던 자로 결혼을 하고 은퇴를 하자 전성호가 수산시장에 가게를 하나 내 주었다. 강권이 불현듯 회가 생각나서 수산시장에 들렀다가 너무 장사가 안 되는 걸 보고 꽃게, 랍스터, 전복을 전부 사 주자 성기만이 도다리와 새우를 들고 쫓아왔던 것이다.

도다리 회와 랍스터를 쪄서 먹고 강권과 성기만이 나가자 미옥은 강권에 대해서 캐묻기 시작했다.

"제부 몇 살이니?"

"스물 셋이야."

"뭐? 너보다 세 살이나 어리잖아?"

"뭔 세 살이야? 두 살이지. 너 내 언니 맞아? 어떻게 하나뿐인 동생의 나이도 모를 수 있지?"

미옥은 경옥의 공박에 얼버무리고 넘어갔다.

"그래, 그랬다 치고. 그런데 어떻게 나이 훨씬 많은 사람이 제부에게 어르신이라고 한다니? 또 너에게 큰절하는 것은 어떻고?"

"……"

'그래, 우리 서방 잘나서 그런다. 니가 쉰이 넘은 사람

이 코가 땅에 닿도록 절을 하는 걸 봤어야 하는 건데······.'

경옥은 이렇게 말해 주려다 아무 말도 하지 않았다. 그러자 미옥은 또 다른 것을 물었다.

"제부, 뭐하는 사람이야?"

"으응, 조그만 사업을 하나 하고 있어."

"무슨 사업?"

"언니는 알 필요 없어."

"어머, 얘는 니네 형부가 도움을 줄 줄 알아?"

"됐네요. 그 사람은 형부 도움이 없어도 잘 헤쳐 나가고 있어."

미옥은 경옥이 툴툴거리자 화제를 본래의 유산으로 돌렸다.

"아까 내가 했던 말 제부에게 말해 봤니?"

"그래. 그이가 언니 마음대로 하라고 하더라고."

"두말하기 없기다."

미옥은 이렇게 말해 놓고서도 마음이 놓이지 않는지 공증서류를 꺼내 서명을 하라고 하는 것이었다.

그러니까 돈에 담백한 경옥의 성격을 알고 이미 서류를 다 작성해 놓고 있었던 것이다.

'아이고, 이 웬수. 이걸 죽여, 살려?'

부모가 죽자 두 자매는 이렇게 남이 되어 가고 있었다.

❖　❖　❖

　"의사선생님, MRI를 다시 찍어 보자고요?"

　"예리나 양, 아무래도 그러는 게 좋을 것 같아."

　"의사선생님, 엄마의 용태가 그렇게 안 좋아지신 거예요?"

　"예리나 양, 정반대요. 모든 수치가 점점 정상에 가까워지고 있어. 다른 장기들도 다 그렇지만 특히 뇌라는 것은 벌리지 않고 치료를 할 수 있다면 벌리지 않는 것이 좋아. 그러니까 MRI를 찍어서 용태를 한 번 확인해 보고 수술을 해도 하는 게 좋겠다는 것이지."

　"알았어요. 그럼 그렇게 해 주세요."

　"예리나 양, 그럼 1시간 후에 MRI를 찍을 테니 그렇게 알고 있어요."

　"예, 의사 선생님. 수고하셨습니다."

　의사가 방을 나가자 예리나는 침울해졌다. 엄마가 좋아지고 있다는 말에도 기분이 썩 좋아지지 않았다.

　'오빠가 결혼을 했다고?'

　장경태가 강권이 결혼을 했다고 하자 공연히 마음이 심란해진 것이다.

　생각해 보면 강권을 만난 것은 일생일대의 행운이었다.

지나다니다가 얼핏 들으니 엄마가 입원해 있는 병실의 하루 이용료만 무려 400만 원이라고 했다.

모든 게 갖춰진 병실을 생각하면 어쩌면 당연하다는 생각도 들었다. 물론 병실 대여료로 하루에 400만 원을 쓴다는 것은 보증금 500만원에 월세 30만 원짜리 단칸방에 살던 예리나로서는 꿈도 꾸지 못했던 일이다.

어디 그것뿐인가? 200~300만 원 하는 옷이 3벌에 수십만 원대 옷은 8벌이나 있다.

이것만 해도 강권을 만나기 전이라면 꿈도 꾸지 못하던 일이다.

물론 강권 오빠가 사 준 것은 아니지만 강권 오빠를 모시는 경태 아저씨가 사 주었으니 강권 오빠가 사 준 것이나 마찬가지다.

'오빠가 내 짝이라고 생각했는데…… 안 돼. 나는 오빠를 떠나서는 살 수 없어. 평생 혼자 사는 한이 있더라도 끝까지 오빠를 포기하지 않을 거야.'

예리나는 너무 속이 상해서 민경흠 아저씨가 밥 먹자는 말을 못 들은 척 방에 꼭 처박혀서 펑펑 울었다.

한참을 울었더니 기분이 풀어지는 것 같아 대충 화장을 다시 하고 밖으로 나왔다.

그때 내 사랑 강권 오빠가 들어왔다.

오빠는 민경흠 아저씨에게 뭔가 묻더니 나에게 다가왔다. 가슴이 콩콩 뛴다. 공연히 얼굴이 붉어진다.

나는 이렇게 오빠를 사랑하는데 오빠는 그런 내 마음을 알기나 아는 걸까?

예리나의 혼자 생각은 여기서 그쳐야 했다.

콩.

"아야! 왜 때려요?"

"윤석아! 오빠가 왔는데도 닭이 소 보듯 먼 산만 바라보고 있으니까 그렇지? 엄마가 많이 좋아지셨다며?"

"예."

"너 뭔 일 있어?"

오빠의 물음에 나는 끝내 울음을 터트릴 수밖에 없었다.

오빠는 아무 말도 하지 않고 나를 꼭 껴안고 등을 토닥거려 준다. 오빠가 나를 사랑해 주는 게 맞는 것 같다.

하지만 내가 오빠에게 받고 싶은 사랑은 이런 사랑이 아니다. 오빠를 위해서 오빠의 아이를 낳아 줄 수 있는 그런 사랑을 하고 싶다. 그게 영영 꿈일지라도 나는 절대로 후회하지 않으련다.

'이 바보 오빠, 어떻게 내가 이렇게 사랑하는지 모를 수 있어?'

예리나의 눈가에 다시 한 방울의 눈물이 맺히더니 이내 도르르 굴러 떨어졌다.

'오빠를 위해서라면 나는 기꺼이, 한순간의 망설임도 없이 죽을 수 있을 것 같아. 그런데 내 가슴이 왜 이리 아픈 거지?'

예리나는 아픈 가슴을 부여잡고 눈물을 찔끔 짜다가 누군가에게 들었던 말이 떠올랐다.

'진정한 사랑은 받는 게 아니고 주는 거라고?'

그러고 보면 자기는 오빠에게 받기만 했지 하나도 준 게 없었다.

'그렇담 진정한 사랑은 오빠가 하고 있는 걸까? 안 돼. 내가 진정한 사랑을 할 거야. 내가 오빠의 아이를 낳을 수 없어도 나는 오빠를 진정으로 사랑할 거라고.'

그렇게 생각을 하자 예리나는 후벼파졌던 가슴이 아무는 것을 느낄 수 있었다.

예리나는 소맷자락으로 눈물을 쓰윽 훔치고는 다시는 울지 않겠다고 다짐을 했고, 다시 씩씩한 예리나로 돌아갔다.

그렇지만 아무도(?) 예리나의 가슴에 새파랗게 멍이 들어 있다는 것을 알지 못했다.

제10장
이건 기적입니다

"이건 기적입니다. 그 말 외에는 달리 표현할 말이 없습니다."

대한민국에서 뇌에 관한한 최고의 권위를 자랑하는 김경하 박사는 흥분을 감추지 못했다. 무려 3개월하고도 보름 동안이나 식물인간이 되어 꼼짝도 하지 못하던 환자가 하루아침에 더 이상 건강할 수 없을 정도로 정상이 되었기 때문이다.

어제 저녁 회진을 돌 때만 해도 환자 예지은은 의식불명 상태에 있었었다. 그런데 아침에 회진하는 중에 맥박을 체크하려는데 환자가 벌떡 일어나는 게 아닌가?

김경하 박사는 깜짝 놀라서 서둘러 간단한 체크를 해

보았는데 더할 나위없는 정상이었다. 심지어 환자의 근육도 정상이 된 듯 아무 무리 없이 앉고 서고 걷고 있었다.

'100일이 넘는 동안 누워만 있었는데 어떻게 이럴 수가?'

김경하 박사를 더욱 흥분시키는 것은 자신은 별다른 치료를 하지 않았다는데 있었다.

입원을 한 다음날부터 환자의 몸 상태가 정상에 근접한 수치를 보여 이상하다는 생각을 하기는 했다. 그렇지만 막상 이렇게 의식을 차리기까지 하자 흥분하지 않을 수 없는 것이다.

'이건 의학사에 기록될 만한 기념비적인 사건이야. 진료 일지와 환자에게서 뽑아 냈던 피를 다시 체크하다 보면 미처 생각지 못했던 것들을 찾아 낼 수 있을지도……'

김경하 박사는 이런 결과가 나온 것이 강권의 [큐에] 마법과 추궁과혈의 효과라는 것은 꿈에도 생각지 못하고 이런 생각에 여념이 없었다.

김경하 박사의 이 생각은 몇 년 후에 신물질 YK 아드레날린을 발견하게 되고 치료학의 신기원을 열고 대한민국을 의학 강국으로 우뚝 솟게 만드는 개가를 올리게 된다.

그런데 김경하 박사가 예지은의 피에서 찾아 낸 신물질 YK 아드레날린은 판타지에서나 볼 수 있는 포션 같은 물질이었다.

그런 김경하 박사에게 예지은은 감사 인사를 했다.

100여 일 동안 예지은은 움직이지는 못했지만 주위에서 들려오는 소리로 상황을 대충은 알고 있었던 것이다.

"이게 모두 다 선생님 덕분이죠. 고맙습니다."

"아닙니다. 저는 전혀 한 게 없습니다. 저도 예지은 씨가 어떻게 이렇게 건강하게 됐는지 전혀 알지 못하고 있습니다. 당장에 퇴원을 해도 될 정도입니다."

"당장 퇴원을 해도 된다고요?"

"예, 퇴원 수속을 밟으셔도 되겠습니다. 그렇지만 당분간 병원에 다니시면서 몇 가지 검사를 하셔야 됩니다. 검사를 한다고 해서 너무 걱정하지는 마십시오. 제 소견으로는 모든 것이 정상이니까요."

"다행이군요. 그런데…… 치료비는 얼마나 나왔을까요?"

"하하, 모르셨습니까? 아드님께서 이미 지불하신 상태니 전혀 걱정하실 게 없습니다."

"예에? 제 아들이요?"

"예, 아드님께서 직원을 통해서 선불로 이미 지불하셨

습니다."

예지은은 치료비를 걱정하고 있었는데 자신이 낳아 보지도 않은 아들이 모두 지불했다는 말에 어안이 벙벙했다.

그러다 꿈결에서 들었던 몇몇 남자의 목소리가 생각났다. 개중에는 딸 예리나가 오빠라고 부르던 사람도 있었던 것 같았다.

'정말 내가 아들을 낳았었나?'

차에 부딪힌 후 잠깐 의식을 잃은 것을 빼고는 정신은 말짱한 것 같은데 아들을 낳은 기억은 전혀 없었다. 예지은은 도무지 갈피를 잡을 수 없어 고개만 갸웃거렸다.

'도대체 어떻게 된 일이지?'

예지은은 돈 걱정이 사라지자 비로소 자기가 입원한 병실이 어떻다는 것이 눈에 들어왔다.

'억! 이게 어떻게 된 것이지? 여기가 병실이야? 호텔이야?'

예지은은 신혼여행 때 예리나 아빠와 묵었던 5성 호텔보다 더 럭셔리한 병실에 자기도 모르게 입을 딱 벌리고 말았다.

그때 병실 안쪽에 있는 문이 열리더니 잠옷을 입은 예리나가 하품을 하면서 나오고 있었다. 그 모습은 자신이 기억하고 있던 모습과는 너무나 달랐다.

예지은은 용기를 내어 물었다.

"리나야? 너 리나 맞지?"

"어! 엄마! 엄마! 엄마 깨어난 거야? 정말 우리 엄마 맞지?"

"그래, 리나야. 엄마 맞아. 우리 딸 그동안 고생 많았지?"

"엉, 엉, 엉 엄마. 엄마 앞으로 아프지 마. 으응, 엄마 알았지? 엉 엉……."

"흑, 그래. 앞으로 엄마 아프지 않을 게. 흑흑, 흑……."

두 모녀는 부둥켜안고 감격에 겨워 펑펑 울었다.

한참을 울던 리나가 엄마에게 말했다.

"엄마, 배 안 고파? 내가 죽 쒀 줄까?"

"죽?"

"으응, 죽."

"리나야, 병원에서 어떻게 죽을 쑬 수 있어?"

"으응, 여기는 돼. 주방도 있고, 저기 방도 둘이나 있고 냉장고도 이따만 한 게 있어. 엄마 보여 줄게 이리 와 봐."

예지은은 리나가 이끄는 대로 따라갔다가 자신이 살던 방보다 몇 배나 더 커 보이는 주방에 눈이 휘둥그레졌다.

그런데 리나가 냉장고를 열자 냉장고를 꽉 채우고 있는

각종 채소와 과일, 음료수들이 보였다. 리나가 이것저것 꺼내는 것을 보고 기겁을 해서 말렸다. 신혼여행을 가서 호텔 냉장고에 있던 것을 몇 개 꺼내 먹고 2십만 원도 넘는 돈을 지불했던 것이 생각났기 때문이다.

"리나야, 이것 먹으면 엄청 비싸지 않을까?"

"엄마, 걱정 마. 이것들 전부 경흠이 아저씨가 사다 놓은 거야. 먹으면 채워 놓는다고 걱정하지 말고 마음껏 먹으래."

"경흠이 아저씨?"

"으응, 우리 오빠, 부하야."

"우리 오빠라니? 너한테 오빠가 있었니?"

"으응, 그런데 그 오빠는 엄마가 모르는 오빠야. 참, 오빠한테 엄마 깨어났다고 전화해야겠다."

"옥아, 니가 얼마 전에 김경하 박사에게 전화를 걸었던 환자 말이야. 그 환자 퇴원한다고 하거든. 그래서 말인데……."

"그래요? 그럼 같이 가 봐요. 교수님도 뵙고 겸사겸사 같이 가는 게 좋겠어요."

"그, 그러지 뭐."

강권은 좀 켕겼지만 어차피 감춘다고 해결될 문제가 아니라는 생각이 들었다. 봉천동 집에서 서울 성모병원까지는 막히지 않으면 30분이면 뒤집어썼다.

강권의 애마 모데라토는 김철호의 집 지하주차장에 있었기 때문에 강권은 경옥의 차를 운전하고 갔다.

경옥은 뒷좌석에서 상후를 안고 가면서 강권에게 말했다.

"자기, 요즘 멋있는 차 많이 나오던데 자기 차 새로 빼줄까요?"

"옥아, 굳이 그럴 필요 있어? 내 차 철호네 주차장에 있다고 했잖아."

"호호, 자기 차는 워낙 유명해져서 타고 다닐 수도 없잖아요?"

"어! 옥아, 그럼 그걸 알고 있었던 거야?"

강권은 경옥이 걱정할까 봐 영동 세브란스 사건을 말하지 않으려고 했는데 정작 경옥은 이미 알고 있는 것 같았다.

"호호호, 자기는 나를 짝수로 알고 있나 봐요. 나는 다른 프로는 안 봐도 뉴스만큼은 본다는 것을 자기도 잘 알고 있잖아요?"

"그럼 알고 있었는데도 말하지 않았던 거야?"

"으응, 강희복 경찰청장이 자기에게 앙심을 품고 일을

키웠다는 생각이 들었어요. 그렇지만 자기가 어떤 사람이라는 것을 아니까 굳이 말할 필요가 없다고 생각했어요. 또 만약 내가 알 필요가 있었다면 자기가 말해 줬을 것이란 생각도 했었구요."

"나는 또 자기가 괜한 걱정을 할까 봐 말하지 않았는데 말해도 되는데 그랬네."

경옥은 자기를 배려하는 강권의 세심한 마음 씀씀이에 고마움을 느꼈다. 그렇지만 자기가 사랑하고 있는 강권의 얘기를 다른 사람의 입을 통해서 알고 싶지 않았다. 사랑하고 있는 사람에 관한 일이라면 그것이 좋은 일이던 나쁜 일이던 사랑하는 사람으로부터 직접 듣고 싶은 것이 경옥의 소박한 바람이었다.

그래서 이 기회를 통해 말하는 게 좋겠다는 생각이 들어 잠시 생각을 하다 자기 속내를 말했다.

"자기, 자기한테 할 말이 있는데 오해하지 말고 들어 줘요."

"뭔데, 서슴지 말고 말해 봐. 내가 자기를 사랑하고 있고, 자기 또한 나를 사랑하고 있다는 것을 아는데 내가 오해하고 자시고 할 게 뭐가 있겠어?"

"내 입으로 이런 말을 하는 건 좀 그렇지만 자기가 바람을 피울 때는 나에게 미리 말해 줬으면 해요. 솔직히 말해서 자기는 나에게 너무 과분하다는 생각이 항상 가슴속에 자리하고 있거든요. 그래서 자기가 나를 버리지만 않는다면 다른 여자가 자기를 사랑해도 참을 수 있을 것 같아요."

"어엉, 옥아, 그런 말 같지 않은 소리를 왜 해? 나에게 자기밖에 없다는 걸 옥이도 잘 알고 있잖아?"

경옥은 설령 빈 말일지라도 강권의 말에 행복을 느꼈다.

그렇지만 경옥이 한 말은 경옥의 진심에서 우러나온 말이었고 경옥이 그런 말을 하게 된 것에는 다 그만한 이유가 있었다.

사실 경옥은 강권이 자기에게 쉬쉬하고 있는 예리나의 얘기를 제삼자인 김경하 교수에게 들었다.

그렇다고 심각한 얘기는 아니었지만 그 얘기를 처음 들었을 때 경옥은 강권에게 배신감을 느끼고 돌아 버릴 것 같았다.

'뭐? 친한 동생? 어떻게 그 동생이 여자라는 얘기를 나에게 숨길 수 있지?'

경옥은 배신감에 치를 떨다 병원에서 우연히 예리나를 만날 수 있었다. 예뻤다. 예뻐도 엄청 예뻤다. 심지어 대한민국 남자들로부터 미의 여신으로 추앙받고 있는 홍태희보다도 더 예쁜 것 같았다.

'그래도 못생긴 것보다 낫네.'

경옥의 솔직한 심정이었다. 그리고 나은 정도가 아니라 예리나처럼 예쁘다면 자기가 남자라도 바람을 피울 것 같았다.

경옥은 자기 태명인 '나래' 라는 이름으로 예리나에게 접근해서 이것저것 물어보았다. 경옥은 예리나의 얘기를 들으며 자기를 향한 강권의 진심을 알 수 있었다.

경옥은 강권의 사랑에 진심으로 감복을 했다. 그리고 강권이 무슨 짓을 하건 받아들이기로 했다.

경옥은 이런 결심을 떠올리며 말했다.

"자기, 영동 세브란스 사건이 터지자마자 태희가 나에게 뭐라고 했는지 알아요? 자기처럼 거물이 되어 버리면 수많은 유혹과 기회가 생긴대요. 그리고 그 유혹과 기회를 적당한 선에서 받아들이지 않으면 오히려 자기에게 좋지 못하대요. 곰곰이 생각을 해 보니 태희 말에도 일리는 있더라구요. 또 뒤에서 줘도 못 먹는 바보라고 자기에게 손가락질이나 한대요."

"허어, 거 참 말 같은 소리를 해야지?"

강권은 태희가 왜 그런 말을 했다는 걸 잘 알고 있었다. 그리고 다른 여자들은 다 건드려도 태희만큼은 절대 건드리고 싶지 않았다. 태희의 독점욕은 남자들보다 더 강해서 수단과 방법을 가리지 않고 자기를 얽어매려 할 것이기 때문이었다.

물론 강권은 태희가 어떤 짓거리를 벌여도 겁나지는 않았다. 하지만 그것은 자칫 경옥에게 불행한 일이 될 수 있을 것이고 그럼 강권에게도 불행한 일로 귀결될 것이다.

강권은 답답한 생각이 들어 창문을 내렸다.

경옥은 병원에 가까워지자 강권이 안절부절못한다고 생각했는지 먼저 예리나의 얘기를 꺼냈다.

"제가 자기에게 그 얘기를 꺼냈던 것은 사실은 예리나 때문이에요. 예리나 얘기를 교수님의 입을 통해서 알게 되자 처음에는 돌아버리겠는 거예요. 아무 것도 할 수 없고 자기 미운 생각만 들고…… 그대로 죽고 싶은 생각이 들었어요. 그래서 죽을 때 죽더라도 자기가 어떻게 하고 있나 알아보기로 했는데…… 자기는 끝까지 예리나를 동생으로만 생각하는 걸 알게 됐어요."

"뭐? 내 뒷조사를 한 거야?"

"미안해요. 하지만 자기 뒷조사를 한 게 아니라 예리나 뒷조사를 한 거예요. 자기는 예리나가 자기를 어떻게 생각하고 있는지 알아요? 자기는 죽으면 죽었지 당신 곁을 떠날 수 없대요. 아직 어려서 그런가 보다 하는 생각이 들어 이것저것 물어봤는데 어린 마음에 그런 생각을 한 것 같지는 않은 것 같았어요. 사실 내가 생각해도 그래요. 자기를 봤는데 세상의 어떤 남자가 눈에 들어오겠어요? 그렇게 따지면 예리나가 가여울 따름이에요."

"그럼 옥이가 나와 결혼했다는 걸 예리나가 알고 있어?"

"그렇지는 않을 거예요."

"허어, 거 참."

"나는요. 예리나와 함께 당신을 사랑할 거예요. 예리나가 당신을 사랑하고, 당신이 예리나를 사랑해도 참을 수 있을 것 같거든요."

강권은 너무 어이가 없어 룸미러를 통해서 경옥을 쳐다봤지만 경옥은 태연하게 말을 이었다.

"자기도 고 어린 것의 마음 씀씀이가 얼마나 이쁜지 알면 내가 왜 그런 생각을 하게 됐는지 알 수 있을 거예요. 그나저나 왜 이리 차가 막히죠?"

강권은 경옥이 자기 할 말을 다해 놓고 딴청을 피자 얘기를 계속하자고 우길 수도 없어 그저 입맛만 다셨다.

30분이면 충분히 올 수 있는데 무려 1시간이 걸렸다. 낙성대 길에서 사고가 나서 정체가 심각했기 때문이었다.

강권과 경옥이 병실에 들어서자 예리나가 깜짝 놀라며 물었다.

"어! 나래 언니가 왜 우리 오빠와 같이 와요?"

"나래? 아, 이 사람. 내가 이 사람 남편이거든."

"경태 아저씨가 우리 오빠 부인의 이름은 노경옥이라고 그랬는데. 그럼?"

"그래. 내가 바로 노경옥이야. 나래는 태명이고."

경옥의 말에 예리나의 얼굴은 금방 어두워졌다.

경옥은 그걸 보고 예리나를 꼭 끌어안으며 말했다.

"그리고 니를 사랑하는 언니이기도 하고 말이야."

"그, 그렇지만……."

경옥은 안절부절못하는 예리나의 귀에 소리를 죽여 속삭였다.

"리나야, 우리 함께 강권 씨하고 평생을 같이하자. 니 마음이 어떻다는 것을 잘 알고 있으니 너무 불안해하지 마."

"예에?"

"쉿! 강권 씨가 듣잖아. 니 평생 소원이 강권 씨 아이를 낳고 싶다며? 내가 그럴 수 있게 해 주겠다니까."

"……."

예리나는 경옥의 얘기에 아무 말도 못하고 얼굴만 붉혔다.

"그나저나 엄청 맛있는 냄새가 나네. 리나, 니가 요리를 하고 있었던 거야?"

"아니요? 우리 엄마가 하고 계세요."

"뭐? 벌써 그렇게 움직이시면 안 될 텐데."

"의사선생님께서 모든 게 정상이니까 퇴원을 해도 된다고 하셨대요. 내가 보기에도 아무렇지도 않으신 것 같구요."

"김경하 선생님께서 퇴원을 해도 된다고 하셨다고?"

"예, 아침에 그렇게 말씀하셨대요."

'박사님께서 왜 그렇게 말씀하셨을까?'

경옥은 의구심을 갖지 않을 수 없었다.

그녀 역시 의사이기 때문에 인체에 대해서 나름 알고 있었다.

인간의 근육 세포는 3주간 움직이지 않으면 근육량이 30% 이상 감소한다. 그리고 계속해서 활동을 하지 않으면 근육의 감소는 더욱 심해진다. 이것은 운동 능력의 부족으로 나타나고 그 상태에서 과도하게 움직인다면 근육이 녹아 버리는 심각한 상태가 발생할 수 있다.

예리나의 엄마처럼 100일이 넘는 시간을 식물인간으로 누워 있었다면 근육이 거의 없을 테니 요리와 같은 과도한 운동은 심각한 상황을 초래할 수 있는 것이다.

"그래? 배도 고프고 하니 일단 가 보자."

경옥은 내심 걱정이 되어 주방으로 갔는데 주방에 있는 사람은 완전 정상인이었다. 아무리 보아도 도저히 100일이 넘는 동안 식물인간으로 누워 있다 갓 일어난 사람 같아 보이지 않았다.

'어! 어떻게 이럴 수 있지?'

경옥은 식탁 위에 차려진 음식의 가짓수를 보고 깜짝 놀랐다.

불과 1~2시간 안에 10가지가 넘는 요리를 어떻게 할 수 있단 말인가? 그것은 정상인이라도 힘든 일이었다.

조금 후에 음식을 맛보고 놀람은 이내 경악으로 바뀌었다.

"이 음식들을 전부 혼자 만드신 거예요?"

"예, 맞아요. 언니, 우리 엄마는 한식과 양식, 중식 요리사 자격증을 모두 갖고 계세요. 그리고 하이아트 호텔 주방에서도 근무하셨었어요."

"그럼 저 하루……."

경옥은 하루 도와주라고 말하려 했다가 이제 금방 병석에서 일어난 사람에게 할 말이 아닌 것 같아 입을 다물었다.

예리나는 그걸 알았는지 참견을 했다.

"언니, 요리를 해 줄 사람이 필요한 모양이구나. 그치? 근데 우리 엄마는 좀 비싼데 괜찮겠어?"

"돈이야 달라면 얼마든지 드리지. 그런데 문제는 그게 아니잖아. 병석에서 일어나신 지 얼마 되지 않으셨는데 어떻게 일을 힘든 일을 하시겠어?"

"여보, 요리사가 왜 필요하지? 필요하면 내 알아봐

줄까?"

"아니에요. 얘들이 집들이를 하라고 하잖아요. 그래서 그런 건데, 나 혼자서도 할 수 있어요."

"자기 혼자서 한다고? 아니야, 내가 알아봐 줄게."

강권이 요리사를 알아봐 준다고 하자 예리나가 뭐가 그리 급했는지 얼른 끼어들었다.

"자, 잠깐만요. 꼭 우리 엄마를 써 줘요. 제가 옆에서 도우면 되니까요. 그럼 괜찮을 거예요."

"리나야, 왜 어머님을 꼭 써 줘야 하는데?"

"저 언니, 그러니까…… 솔직하게 말씀드리면…… 사실 엄마 입원비를 마련하려고 살고 있던 방 보증금을 빼서 갈 데가 없어서요. 그래서 다시 방을 마련하려면 얼른 돈을 벌어야 하거든요."

예리나 엄마도 그 얘기는 금시초문이었는지 예리나의 얼굴을 보며 그 진위여부를 알아보려는 것 같았다.

예리나는 엄마의 눈길이 부담스러웠는지 울먹거리며 강권에게 말했다.

"제가 오빠에게 전부 말씀드렸었잖아요."

"으응, 그랬었지. 근데 왜?"

"그러니까 언니 제발 그렇게 해 주세요."

"휴, 리나야. 나도 그러면 좋기야 하지. 그렇지만 엄마의 건강이 걱정이 돼서 그래."

"리나 어머님의 건강은 내가 책임지지. 걱정하지 않아
도 될 거야."

강권이 나서서 말하자 경옥은 문득 강권이 마법을 할
수 있다는 생각이 들었다.

'그럼 리나 엄마가 건강해진 것은 강권 씨가 마법으
로⋯⋯.'

경옥은 리나 엄마의 차트를 봤기 때문에 세브란스 병원
에서와 성모병원에서의 차트가 확연히 다르다는 것을 알
고 있었다.

두 병원의 차이가 그렇게 크지 않다는 것을 감안하면
강권이 마법으로 치료했다는 것을 직감할 수 있었다.

그럼 전혀 걱정할 필요가 없었다.

"그래, 알았어. 이번 주 일요일 저녁에 집들이를 할 거
니까 오늘부터 슬슬 준비하는 걸로 하지 뭐."

"그럼?"

"우리 집에 빈방이 많으니까 우리 집에서 묵으면서 집
들이 준비를 하는 걸로 하자. 그렇게는 안 되겠니?"

"예에? 돼요, 돼요. 돼요. 엄마 그치?"

예리나는 엄마가 퇴원하면 당장 갈 곳이 없는데 그렇게
되면 일요일까지는 걱정이 없다는 것에 대만족이었다.

그 다음부터는 번 돈을 가지고 여관 같은 곳에서 잠시
생활을 하면서 살 곳을 구하면 될 것 같았다.

강권은 경옥이 왜 그런 결정을 내렸는지 잘 알고 있었다.

예리나가 갈 곳이 없다고 하니까 경옥은 그들 모녀에게 당분간 안심하고 살 수 있는 거처를 제공하려고 그랬다는 것을 말이다. 이렇게 마음이 따뜻한 여자와 평생 함께할 수 있다는 것은 강권으로서도 행운이 아닐 수 없었다.

사실 강권에게는 예리나 명의로 된 1억 원 가량이 들어 있는 예금 통장이 있었다. 그 통장은 병원 원무과, 경찰, 보험사 직원 등이 짜고 타 간 뺑소니 구제금에다 손해배상금, 그리고 뺑소니 치고 내뺀 녀석에게 받아 낸 위자료를 합해서 만든 것이었다.

그런데 경옥이 그렇게 결정을 내리자 강권은 그녀의 결정에 힘을 실어 주려고 그 통장을 나중에 주기로 결정했다.

경옥이 갖고 있는 빌딩은 대지가 200평에 건평이 128평인 6층짜리 건물이었다. 지하에는 주차장이 있었고, 강권과 경옥은 5층 전체를 쓰고 있었다. 그리고 옥상에는 정원과 온실이 꾸며져 있었다. 그러니까 강권과 경옥, 상후 이 셋이서 250평이 넘는 집에 살고 있는 셈이었다.

"와아! 오빠, 이 집이 정말 오빠네 집이에요?"

"응. 정확히 말하자면 니 언니 집이다."

"정말 부러워요. 언니, 나는 언제쯤이나 이런 집에서 살 수 있을까요?"

예리나가 부럽다는 듯 말하자 경옥이 말했다.

"이런 집에서 살고 싶어? 그럼 방도 많은데 같이 살자."

"언니, 정말요?"

"그래. 사실 강권 씨와 나, 우리 상후 이렇게 셋이서 살기에는 집이 너무 넓어. 니 어머니가 싫어하지 않으시면 함께 사는 걸로 하자."

경옥의 얘기는 빈말이 아니었다.

5층에는 방이 7개나 있었고 그중에 방 두 개는 독립된 구조를 갖고 있었다. 거기서 산다면 설령 같이 산다고 해도 따로 사는 것과 마찬가지였다.

경옥이 독립되어 있는 방 두 개를 보여 주자 예리나도 구미가 당기는 것 같았다.

"언니, 정말 이 집에서 살아도 돼요?"

"네가 같이 살아 준다면 나도 좋아. 급한 일이 생기면 너에게 상후를 맡길 수도 있고 그렇지 않더라도 네가 상후를 틈틈이 봐 주면 그게 어디니? 또 앞으로 내가 학교에 다니게 될 텐데 네가 상후를 봐 주면 나도 안심할 수 있잖아. 상후를 봐 주는 것 외에도 공부를 하게 되면 네 도움이 더 필요하게 될 거야."

예리나 모녀와 함께 사는 이야기는 비어 있는 3층을 활용하는 데서 급물살을 타게 되었다. 경옥이 예리나 엄마에게 이모라 부르니 강권도 이모라 불렀다.

"이모, 3층 전체를 터서 음식점을 만드는 게 어떨까요? 이모의 음식 솜씨로 보면 금방 유명해질 텐데 그럼 우리 빌딩 값도 올라가고 좋잖아요."

"나도 그러고 싶지만 나는 돈이 하나도 없는 걸요."

"이모, 돈이라면 조금도 걱정하지 마세요. 나도 그렇고 저이도 그렇고, 돈이라면 쓸 만큼 충분히 있으니까요. 그럼 이모 그렇게 알고 당장 내일부터 공사를 시작하는 걸로 하죠."

"옥아, 일요일 날 집들이 한다며? 집들이 하고 난 다음에 공사를 시작하는 게 낫지 않을까?"

"참, 그렇겠네요. 그럼 월요일부터 공사를 시작하는 걸로 하죠. 자기, 건축이나 인테리어 쪽에는 아는 사람 없어요?"

강권은 번갯불에 콩을 튀겨 먹을 것처럼 서둘러 대는 경옥을 보면서 지금까지 자기가 알고 있는 경옥이 맞는가 하는 생각이 들었다. 물론 싫다는 말은 아니었다. 오히려

남을 돕는 일에는 이상하리만큼 조급해하는 경옥을 보면서 내심 흐뭇한 마음이었다.

사회라는 말은 모일 사, 모일 회로 이루어진 말이니 그 자체로 사람이 모인다는 의미다. 그리고 사람은 사회적 동물이라는 말이 있다. 이렇게 따져 보면 사람이 모여서 산다는 말은 인간적으로 산다는 말과 같다.

한편 사람이 모이는 곳은 발전이 이루어지고 발전이 이루어지면 잘 살게 된다. 그런데 사람을 끌어 모으는 것은 남을 배려하는데서 출발한다. 그런 의미에서 본다면 경옥은 인간답게 잘 사는 방법을 실천하고 있는 것이었다.

예리나 모녀를 들이는 일은 또 다른 문제를 야기했다.

먼젓번 살던 집에서 짐을 챙겨 와서 짐을 올리고 있는데 예리나 모녀를 쫓아 온 깡패들이 횡포를 부린 것이다.

"야! 돈도 갚지 않고 이런 좋은 집에 세 들어 살겠다고? 이런 집이라면 세만 해도 몇 천은 되겠네. 오늘은 꼭 돈을 받아야 되겠어."

"맞아. 돈을 주지 않으면 네 딸이라도 데려갈 테니까 그렇게 알아. 삐쩍 말랐을 때는 그렇더니 통통하게 살이 오르니 엄청 미인인 걸."

"아악! 그러지 마요."

깡패 중 하나가 예리나의 머리채를 잡고서 키스를 하려는 듯 얼굴을 들이밀며 말하자 예리나는 기겁을 했다.

다행히 이삿짐센터 사람들이 있어서인지 겁만 주고 있었다.

"어! 이것들 봐라. 이것은 벽걸이 TV, 이건 에어컨이고 이건 냉장고, 이건 김치 냉장고 이것들 전부 신제품인데. 이것들 웃기고 있네. 그래, 갚을 돈은 없고 이런 걸 살 돈은 있단 말이지?"

"그러게 말이야. 4개월 동안 잠수 타더니 우리가 못 찾을 거라는 생각이 들었던 모양이지? 네년들을 찾으러 다니던 일들을 생각하면 이가 갈려. 이 XXX아. 그럼 우리 방식대로 할 테니까 그렇게 알고 있어."

"그것들은 우리 것 아니에요. 이집 주인 분께서 방에 그냥 놓고 쓰라고 하셨단 말이에요. 그리고 집세도 하나도 안 받았단 말이에요."

"하! 이 XXX아, 누굴 바보로 알아? 어떤 골빈 놈이 돈도 안 냈는데 집 내주고, 가전제품을 사 줘. 그 골빈 새끼가 어떤 새낀데 나도 한몫 보자."

"그 골빈 새끼가 바로 나다. 소원대로 한몫 단단히 챙겨 주마."

강권은 집들이에 쓸 음식 재료들과 상후 분유를 사러

마트에 갔다 오다 건물 앞에 사람들이 모여 있어 이상한 생각이 들었다. 그래서 천리지청술을 전개해 보니 예리나 모녀가 깡패들에게 당하고 있는 게 아닌가? 그래서 강권은 경옥에게 대충 말하고는 부리나케 먼저 튀어 올라왔던 것이다.

깡패들은 강권의 위아래를 훑어보고는 키는 크지만 호리호리하게 보이자 만만하게 생각했는지 강권을 을러댔다.

"형씨는 빠지쇼. 그거 알아? 우리 돈 받는데 방해하면 업무방해죄야. 그럼 형씨도 좋지 못하다고. 그러니까 좋은 말로 할 때 빠지라고."

"형씨, 그러는 게 신상에 이로울 거야. 형씨처럼 까불다가 칼침 맞은 사람들 여럿 봤거든."

깡패들은 자기들보다 어려 보이는 강권이 이 건물 주인이라는 것을 알고 을러대기만 할 뿐 폭력을 행사하지는 않았다. 그들의 경험으로 볼 때 건물주가 나이가 지긋하다면 뒤탈이 없지만 새파랗게 젊다면 골치 아픈 일이 생길 수 있기 때문이었다.

강권은 완전 하품이 나왔다. 자기가 이런 쓰레기들을 직접 손보기에는 사회적 지위와 체면이 있었지만, 그렇다고 이대로 두고 보기에는 너무나 화가 나 일을 키우기로 했다. 그래야 다음에 이런 일이 생기지 않을 것이라는 생각도 들었다.

"이것들 완전 쓰레기들이구먼."

강권은 이렇게 말하고는 마침 들어오는 경옥에게 예리나 모녀를 데리고 들어가라고 시켰다.

경옥이 예리나 모녀를 안채로 데리고 들어가면서 문을 닫는 것을 보고 상도동, 장승백이 일대를 휘어잡고 있는 오명석에게 전화를 걸어 호통을 쳤다.

"오명석 군, 자네 어떻게 된 거야? 어떻게 된 것이 우리 집에 쓰레기들이 와서 내 동생을 협박하도록 만든 거야? 당장 와서 쓰레기 치우지 못해."

오명석은 자다가 날벼락을 맞은 듯 정신이 아득했다.

그러다 문득 복개천을 중심으로 북쪽은 자기 상도파 구역이고 총보스가 살고 있는 남쪽은 신사리파라는 것이 떠올라 즉시 국종호에게 전화를 해서 호통을 쳤다.

"야, 국종호, 너 지역을 어떻게 관리했기에 어르신 집에 쓰레기들이 가서 어르신의 심기를 어지럽히게 했어? 빨리 가서 쓰레기들을 치워. 나도 가고 있는 중이니까 5분도 안 걸릴 거야."

국종호 역시 졸지에 날벼락을 맞은 듯 아득했지만 가까스로 정신을 차리고 근처에 있는 놈들을 수배해서 처리하라고 했다.

그리고는 뭐 빠지게 뛰어서 강권의 집에 도착했다.

사채업자인 갈퀴 밑에서 일하고 있는 두 녀석 민우와 채욱이는 상황이 이상하게 돌아간다는 것을 느끼고 감히 도망갈 생각도 못하고 눈만 떼굴떼굴 굴리고 있었다.

그리고 불과 2~3분도 되지 않았는데 신사리파 행동대 장들이 오더니 자기들은 거들떠보지도 않고 강권 앞에 엎 드려서 죄송하다고 절하는 걸 보고는 민우와 채욱은 다리 가 후들후들 떨렸다.

강권은 인상을 쓰고 있다 신사리파 행동대장들이 녀석 들을 끌고 가려는 것을 제지했다.

"잠깐, 내 동생과 이모에게 먼저 사과를 시키고 데려가 도록."

"예, 어르신."

"따라와."

"예, 어르신."

강권이 문을 열고 안으로 들어가자 행동대장들이 민우 와 채욱이의 뒷덜미를 잡고 질질 끌고 강권의 뒤를 따랐 다.

마침 그때 국종호와 오명석이 들어와 그 뒤를 따랐다.

거실에 들어선 강권이 소리쳤다.

"예리나야, 이모 모시고 이리 나와라."

"예, 오빠."

예리나가 엄마를 부축해서 거실로 나오자 강권은 소파

에 앉게 했다. 그리고 차갑게 명령했다.

"시작해 봐."

"예, 어르신"

신사리파 행동대장들은 녀석들을 예리나 모녀 앞에 무릎을 꿇리고 사과를 하라고 윽박질렀다.

민우와 채욱이는 무조건 잘못했으니 살려 달라고 빌었다.

그것을 본 예리나는 아까 자기에게 키스하려고 했던 채욱이의 옆구리를 그대로 걷어차며 말했다.

"오빠, 이 새끼가 아까 내 머리채를 잡고 뽀뽀하려고 했어."

"그래? 감히 이 새끼가 누굴. 예리나야, 니 분이 풀릴 때까지 마음대로 해라."

예리나는 한참 동안 발로 차고 머리를 잡고 바닥에 박치기를 하며 화풀이를 했다.

'예리나의 성깔이 보통이 넘는군. 하기야 그러니 스타가 될 것이겠지만……'

강권이 이렇게 생각하는 동안, 채욱이는 예리나에게 호되게 당하고 있었다. 자리가 자리인 만큼 비명도 지르지 못하고 고스란히 얻어맞고 있을 수밖에 없었다.

얼마나 그렇게 했을까 피투성이가 된 채욱이를 보고 화가 풀렸는지 리나가 자리에 앉았다.

그때 오명석과 국종호가 들어오며 강권 앞에 엎드려 사죄를 했다. 그것을 본 민우와 채욱이는 아예 넋이 나가 버렸다.

민우나 채욱이도 나름 길거리에 침 좀 뱉고 다닌다고 하지만 상도파와 신사리파의 보스 앞에서는 기침도 제대로 하지 못한다. 그런 그들이 강권에게 저렇게 공손하게 대한다면…….

민우와 채욱이는 자기들은 이제 소리 소문도 없이 골로 갈 것이라는 생각밖에는 아무 것도 떠오르지 않았다.

그런데 이대로 죽자니 너무나 억울한 것 같은 생각이 들자 제발 살려 달라고 애걸복걸하기 시작했다.

강권이 인상을 쓰자 신사리파 행동대장들이 뒤통수를 때려서 기절시키고는 바깥채로 끌고 나갔다.

경옥은 민우와 채욱이를 개 끌고 가듯 끌고 가는 것을 보고 한숨을 쉬며 강권에게 말했다.

"여보, 저들이 잘못은 했지만 더 이상 피를 안 봤으면 좋겠어요."

이렇게 말하고는 걸레로 피가 범벅이 된 바닥을 닦았다.

경옥의 의사는 즉각 신사리파 행동대장들에게 전해졌다.

어느 정도 정리가 되자 강권은 상도파의 보스에게 말했다.

"이봐! 오 군, 어떻게 된 일인가?"

"예. 어르신, 어르신 댁은 신사리파 구역이어서 제가 종호에게 전화를 했습니다."

"그래? 그럼 내가 자네에게 잘못한 거로구먼. 미안하네. 내가 생각이 짧았네."

"아, 아닙니다. 오히려 불러 주시니 영광일 따름입니다."

강권이 오명석에게 사과를 하자 오명석은 펄쩍 뛰면서 아니라고 했다. 강권은 그런 오명석의 어깨를 가볍게 두드려 준 다음 국종호에게 물었다.

"국 군, 어떻게 된 일인가?"

"예, 어르신. 죄송합니다. 어르신께서 얘들이 설치는 것을 보기 싫어하셔서 아이들에게 이 근처에는 얼씬도 하지 말라고 했더니 이런 일이 벌어진 모양입니다. 그리고 저 녀석들은 갈퀴라는 사채업자 밑에서 일하고 있는 녀석들입니다."

"갈퀴? 그 갈퀴 녀석은 어디서 살아?"

"예, 방배동에서 산다고 알고 있습니다."

"방배동은 강 군 관할인가?"

"예, 천수 형님이 관리하고 계십니다."

"국 군, 자네가 강 군에게 전화를 해서 내가 갈퀴 좀 보고 싶어 한다고 전하게. 나는 오늘 저녁이었으면 싶네."

"예, 어르신. 그럼 어르신 잠깐 실례하겠습니다."

국종호가 어떻게 말했는지는 몰라도 30분 정도 지나서 강천수가 묵사발이 된 갈퀴를 끌고 왔다. 갈퀴는 얼마나 얻어터졌는지 제대로 걷지도 못하고 방배파의 행동대장들이 껴안다시피 부축을 하고 있었다.

제11장
니들에게 천벌을 내려 주겠어

강권 앞에서 예지은과 갈퀴의 대질심문이 벌어졌다.

"이모님, 어떻게 된 일입니까?"

"예. 12년 전에 리나 아빠가 이 사람에게 사업자금으로 3,000만 원을 빌렸습니다. 그런데 리나 아빠의 사업이 부도가 나서 빚을 갚지 못할 상황에 놓이게 되었습니다."

예지은은 그동안 갈퀴에게 당한 것이 떠올랐는지 복받치는 설움을 참지 못하고 눈물을 흘리면서도 비교적 차분한 목소리로 자초지종을 털어 놓았다.

한밤중에 쳐들어와 폭행한 것은 예사였고, 7살인 예리나를 팔아 버리겠다고 협박까지 했다는 것이었다.

결국 예지은은 예리나를 친척에게 맡기고 식당에서 일하면서 받은 월급을 고스란히 뺏길 수밖에 없었다.

여러 군데 옮겼지만 어떻게 알았는지 귀신같이 알고 돈을 갈취해 가자 도망 다니는 것은 체념했다. 그나마 다행인 것은 처녀 시절에 조리사 자격증 덕분에 허드렛일은 하지 않았다는 것이었다.

"이봐, 갈퀴. 우리 이모님 말씀이 맞는가, 틀리는가?"

"저 그것이……."

"이모님 말씀이 맞는 걸로 하겠다. 이런 개자식. 네 녀석 같은 거머리들은 이 세상에서 사라져 주는 게 세상을 돕는 일이다."

강권은 오명석하고 국종호에게 갈퀴 녀석을 잡고 있으라고 명령하고 전신혈도를 짚어 나갔다.

혈도를 짚은 다음에 녀석을 놔 주라고 하자 갈퀴는 제대로 서 있지 못하고 땅바닥에 그대로 나뒹굴었다.

"아악, 살려 주십시오. 어르신, 보상해 드리겠습니다."

갈퀴는 지난 몇 개월 동안 주먹계에서 벌어졌던 일들을 대충 알고 있었다. 하는 일이 일이니만큼 그런 것을 소홀히 할 수 없었기 때문이다. 그래서 강권이 누구란 걸 알고 벌레처럼 버둥거리며 애걸복걸을 했다.

"보상? 니가 그동안 거머리처럼 피를 빤 사람이 얼마나 많겠어? 그 사람들 중에는 괴롭힘을 이기지 못해 목숨을 끊은 사람들도 있을 것이고, 그 사람들 자식들은 제대로 먹지도 배우지도 못했을 것이다. 그런 사람들에게는 어떻게 보상할 건데?"

"어르신, 제 전 재산이라도 내놓을 테니, 제발 목숨만 살려 주십시오."

"그래? 그렇다면 문서로 남겨라. 그럼 목숨만은 살려 주지. 그렇게 할 수 있겠어?"

"예. 어르신, 무슨 일이든 시키시는 대로 전부 하겠습니다."

"좋아. 그럼 네 재산 목록과 네 장부를 전부 가져오도록. 그렇게 할 수 있겠지?"

"예, 예. 어르신 그렇게 하겠습니다."

갈퀴는 강권이 죽이지 않겠다는 말에 순순히 재산 목록을 작성했다. 하지만 장부는 현재 돈받을 것밖에는 없었다.

이미 받은 것이나 어느 정도 회수하고 받을 가망성이 없는 것은 증거를 남기지 않으려고 이미 소각했다는 것이다.

이렇게 작성된 갈퀴의 재산은 부인과 자식들 앞으로 된 것을 제외하고도 방배동, 사당동 일대의 건물 다섯 채 등 총 300억 원이 넘었다.

'장부가 없으니 돈을 돌려 줄 방법이 없군. 그렇다면

어쩔 수없이 다른 좋은 일에 쓸 수밖에.'

강권이 생각하고 있는 다른 좋은 일이란 강경재단에 기부한다는 것이었다.

강권은 갈퀴에게 그 재산을 강경재단에 기증한다는 내용의 문서를 작성하게 해서 오명석과 국종호에게 공증을 하게 했다.

수하들에게 자기가 재산을 갈취하지 않았다는 것을 보여 주려는 것이었다. 그리고 오명석과 국종호가 보는 앞에서 강경재단의 고문 변호사인 권계숙에게 그 서류를 주었다.

권계숙은 서류를 검토해 보다 깜짝 놀랐다. 무려 300억을 출연한다는 서류니 놀랄 수밖에 없는 것이다.

"재단이사장님, 이것은……."

"예. 그것은 우리나라의 소년, 소녀 가장들과 무의탁 노인들을 위해서 사용하도록 하십시오."

"재단이사장님, 고맙습니다."

"권 변호사님, 고마울 게 뭐 있겠습니까? 제가 권 변호사님께 드린 것도 아니잖습니까? 그리고 강경재단의 수혜자가 100명밖에 안 된다는 것이 좀 유감스럽습니다. 수혜자의 수를 100배 정도 늘리도록 하십시오."

"이사장님, 100배를 늘리면 한 달에 3억이 들어가고 1년이면 36억이 들어갑니다. 100억이라는 돈은 3년도 못

되어 전부 없어질 것인데 그래도 되겠습니까?"

"권 변호사님, 앞으로도 계속 출연을 할 테니까 그렇게 해 주십시오. 그리고 그 300억은 우리나라 사람들에게만 써야 합니다."

"예, 알겠습니다. 재단이사장님."

옆에서 그 대화를 듣고 있던 오명석이 즉석에서 10억을 기부한다고 했고, 이에 뒤질 새라 국종호 역시 10억을 내놓았다.

오명석과 국종호는 자신들만 돈을 내는 게 배 아팠던지 전국의 어깨들에게 반 강제적으로 10억씩 내놓으라고 으름장을 놓아 강경재단의 출연금은 졸지에 1,000억이 넘게 되었다.

❖　❖　❖

"병욱이 형, 저 소리 들리지 않아?"

"야! 홍세창, 도대체 뭔 소리가 들린다는 거야? 너 또 구보하는 게 싫어 꾀부리려는 거지?"

"아니야. 형, 잘 들어 봐. 저 코리아 CC쪽 말이야."

"녀석, 들으나마나 남자하고 여자하고 응응하는 소리겠지. 이 근처에서 그런 소리 한두 번 들었어? 그러고 보니 너, 응응하는 것을 보고 싶어서 그러는 거 아냐? 이 녀석

이제 보니 은근히 변태 기질이 있네."

홍세창이 코리아 CC쪽을 가리키며 말하자 안병욱은 슬슬 웃으면서 세창을 놀렸다. 사실 이곳은 인적이 드물어서 어둑어둑 해가 지려는 이맘때면 CC회원들과 캐디들이 응응하곤 했다.

안병욱 또한 여러 차례 직접 목격하기도 했으니 이런 반응이 오히려 당연할지도 몰랐다.

그런데 홍세창은 정말 억울하다는 듯 격한 반응을 보였다.

"형, 그게 아니야. 아니라고. 내가 언제 저런 거 보는 것 봤어? 형이 옆에서 침을 질질 흘려 가며 야동을 보고 있는데도 나는 잠만 콜콜 짰었잖아. 믿어 줘. 형, 정말로 여자가 강간을 당하고 있는 거 같아서 그런다니까?"

10여 년 간을 단짝처럼 지내 왔었으니 안병욱이 세창의 됨됨이를 모르지는 않았고 결국 세창의 뜻에 따르기로 했다.

"알았어? 강간을 하는 것이 맞는다면 *용무도(龍武道)가 얼마나 무서운 것인지 보여 주자."

이들 안병욱과 홍세창은 용인대 무도대 동양무예학과에 다니는 학생들이었다.

이들은 코스모스 졸업이어서 기말고사가 다 끝났지만 학교에 나와서 취업 준비를 하고 있는 중이었다.

학과(學科)가 학과이다 보니 그들의 취업 준비는 도서관이 아닌 운동장이나 도장이었고 매일 함께 운동을 하고 있었던 것이다.

안병욱이 고등학교 1년 선배였지만 둘은 학번이 같고 군대도 해병대 동기이다 보니 형제처럼, 때로는 친구처럼 함께 지내고 있었다. 이들이 취업하려는 기업은 '씨크릿 컴퍼니'라고 이름을 들어 보지 못한 신생 경호 업체였다.

군대 선임의 말로는 자기 추천으로 응시 자격이 주어졌고, 취업만 되면 연봉 초봉이 5,000이 평생이 보장되니 꼭 응시하라고 했다. 그래서 함께 응시하려고 준비하던 중이었다.

"니 말이 맞았구나."

"형, 그런데 저것들은 뭐지?"

홍세창은 골프웨어를 입고 있는 녀석들을 경호하는 듯 보이는 범상치 않은 경호원들을 가리켰다.

"설마 청와대 경호실 사람들은 아니겠지?"

"형, 저들의 수화로 볼 때 그 설마가 맞는 것 같은데?"

"어떻게 청와대 경호요원들이 강간하고 있는 자를 경호할까?"

"저 개새끼가 설마 대통령의……."

강간하고 있는 자를 보호하고 있는 자들은 하나같이 검은 양복을 빼입고 귀에는 리시버를 꽂고 있었다.

대통령경호실의 실장까지 지낸 은사 강용학 교수가 가르쳐 준 수화를 사용하고 있으니 저들은 대통령경호실 요원들이 확실할 것이다.

더구나 옷깃에 봉황이 그려진 배지와 타이를 보니 자기들의 생각이 맞았다는 것을 확신할 수 있었다.

"형, 왜, 저런 새끼를 대통령경호실에서 경호하는 걸까?"

"시파, 그러게 말이야. 아무리 경호원들이 보고도 못 본 척해야 한다고는 하지만 저런 것까지 못 본 척해야 하느냐고? 세창아, 너 어떡할래?"

"형, 저들은 총도 갖고 있는데 어떻게 할라고?"

"시파, 그럼 보고만 있을래? 4년 동안 학교에 다니면서 가슴에 새긴 ** '도의상마(道義相磨) 욕이위인(欲而爲人)'은 폼으로 새겼던 거냐?"

"형, 그래서 어떻게 하겠다고? 쟤들은 총도 갖고 있고 대통령경호실에 들어갈 정도면 우리에 못지않은 무술 실력도 갖췄을 거라고."

"이런 똘팍, 그러니까 머리를 써야지? 머리를. 112로 신고를 해서 경찰이 출동하기를 기다려서 증언만 하면 될 것 아니겠어?"

"와! 맞다. 형, 얼른 그렇게 하자."

그런데 그들의 의로운 행동이 그들의 죽음이란 돌이킬

수 없는 결과를 가져올 줄은 아무도 알지 못했다.

출동한 경찰관이 쏜 총에 맞아 즉사했던 것이다.

경찰청 대변인은 용인대생 두 명이 코리아 CC 캐디를 강간했는데, 신고 받고 출동한 경찰의 제지에도 불구하고 계속 폭력을 행사하다 경찰의 발포에 즉사했다고 했다. 다른 증인은 없었고, 경찰과 피해자의 증언만 일치하니 의로운 두 명의 용인대생의 죽음은 그렇게 묻혀 지고 있었다.

"어르신, 얼마 전에 코리아 CC에서 캐디를 강간하려다 경찰이 쏜 총에 맞고 사망했다고 뉴스에 나왔던 용인대생들은 억울하게 죽었을 것이 분명합니다. 어르신 제가 그 사건을 조사할 수 있게 해 주십시오. 제발 제가 그들의 억울함을 달래 줄 수 있도록 그 사건을 조사할 수 있게 해 주십시오."

"최 군, 그게 무슨 소린가? 그럼 경찰이 무고한 자들을 총으로 쏴서 죽였단 말인가?"

강권 역시 예지력을 발휘해서 이미 보았던 사건이었지만 깜짝 놀라지 않을 수 없었다.

원래대로라면 이 사건은 강권의 안배에 따라 씨크릿 9

팀과 10팀에서 증거를 찾고 이경복이 이 사건을 처리했어
야 했다. 그 결과로 이경복은 자신의 주가를 올리고 훗날
정치 거물이 될 발판을 만드는 계기로 삼았어야 했다.

그런데 최도칠이 강권에게 이런 청을 한다는 것은 일이
강권의 안배대로 흘러가지 않고 있다는 증거가 아닐 수
없었다.

'미래가 뭐 때문에 자꾸 이리 바꿔지는 것이지?'

경옥의 아버지와 어머니의 죽음도 자신이 알던 미래와
는 약간 달랐다. 예리나라는 존재 또한 자신이 전혀 몰랐
던 존재였다.

강권은 가만 한숨을 내쉬며 고개를 절레절레 흔들었다.

강권의 이런 내심을 알지 못하는 최도칠은 단언하듯 말
했다.

"예. 그게 확실할 것입니다."

강권은 씨크릿 5팀의 최도칠에 대해서 나름 알고 있었
다. 씨크릿 5팀이 장인과 장모의 장례를 치르는 것을 도
왔는데 그중에서 최도칠은 고향이 예산과 가까운 신례원
이어서 가장 많은 도움이 되었다.

강권은 최도칠이 거짓말을 하지 않았을 것이라고 확신
했지만 그보다 궁금한 것은 왜 그가 용인대생들의 죽음에
관심을 기울이느냐는 것이었다.

"최 군은 어떻게 그들이 누명을 썼을 것이라고 확신하

는가?"

"예. 어르신, 그 두 녀석들은 제 군대 쫄따구들이어서 그들의 됨됨이를 잘 알고 있습니다. 그리고 가을 학기에 졸업을 하면 우리 씨크릿 컴퍼니 경호팀으로 들어오기로 되어 있던 녀석들이었습니다. 특히 홍세창이라는 녀석은 여자 손목도 잡아 보지 못할 녀석입니다. 그런 녀석들이 어떻게 강간을 하겠습니까?"

"알았어. 내 한 번 알아보도록 하지."

강권은 이렇게 말하고는 씨크릿 9팀장을 불러서 어떻게 된 일인지 물었다.

"예, 어르신께서 하명하신 대로 이경복 변호사 사무실에 가서 어르신께서 주신 편지를 전해 드렸습니다. 그때 이경복 변호사의 지인에게게서 한국외대 용인캠퍼스에 다니는 딸이 윤간을 당했다는 전화가 왔습니다. 그런데 강간범 중의 한 명이 여당 국회의원 아들이라는 말을 듣자 이경복 변호사가 우리 9팀과 10팀 모두 그 사건에 투입을 한 것이지요."

일이 공교로운 것이 강권이 적어 준 편지에는 —용인대, —Korea, —간(姦), —인권 이렇게만 적어 두었다.

강권의 해석은 용인대 학생이 Korea CC의 캐디 강간 사건에서 인권유린을 당한다는 것으로 현실과 맞아떨어진다. 그런데 이경복의 해석은 한국외대 용인캠퍼스의 학생이 강간을 당하는데 이게 인권유린과 관계 있을 것이라는 쪽으로 해석했다.

윤간이란 보기 드문 사건인데다 국회의원 아들이니 이경복은 그게 더 인권유린과 관계가 있을 것이라는 판단을 내렸던 것이다.

이래서 모사재인(謀事在人), 성사재천(成事在天)이라는 말이 나온 것일 것이다.

"휴우, 어쩔 수 없군. 내가 직접 발로 뛰는 수밖에."

강권은 경찰이 이미 결과를 발표한 것은 증거 조작까지 끝났다고 보아도 무방하다는 걸 알고 있었다. 그렇지만 일단 경찰이 쏜 총에 맞아 죽은 학생들이 다녔던 용인대학으로 갔다.

이 사건은 예지력으로 사건을 알게 되었고 자신이 씨크릿 두 개 팀을 이경복에게 배정해주는 것으로 해결되었다.

사건이 벌어지자마자 사진을 찍어 두고 현장에 들이닥쳐 증거 조작을 하지 못하게 만든 게 엄청 위력을 발휘했던 것이다.

그런데 지금은 이미 경찰에 의해서 증거가 조작되고 난 다음이니 증거들을 찾는 것은 보통 어려운 일이 아닐 것이다.

게다가 기말고사가 끝나서 학생들은 거의 없었고, 특히 강간하다가 들키자 경찰을 때리려다가 경찰이 어쩔 수 없이 쏜 총에 맞아 죽었다는 소문은 어려움을 가중시켰다.

강권으로서는 자기가 탐문했다는 흔적만 남기면 되니 아무래도 좋았다. 그러다 슈퍼 아줌마에게 매일 오후 5시부터 7시 사이에 그들이 무봉산에 운동을 하러 간다는 말을 들었다.

"아주머니 고맙습니다. 덕분에 일이 잘 풀리게 되었네요."

강권은 필요 이상으로 인사를 하며 답례로 라면을 무려 다섯 박스나 구입하면서 슈퍼에서 영수증을 받았다. 그것들은 강권이 이곳에 탐문을 왔다는 뚜렷한 증거가 될 것이다.

무봉산으로 가는 길에서 강권은 지박령이 되어 있는 그들을 만날 수 있었다. 그들은 자신들이 죽은 지도 모르고 자신들이 죽던 날 있었던 일들을 얘기하고 있었다.

[세창아, 우리 씨크릿 때려치우고 청와대경호실에나 들어가자.]

[병욱이 형, 형도 분명히 봤지? 옷깃에 봉황 배지가 있었고, 봉황이 그려진 넥타이를 하고 있었잖아. 이것 봐. 얼마나 멋이 있어?]

강권은 자신들의 죽음을 아직도 실감하지 못하고 있는

그들에게 엄청 안타까움을 느꼈다.

강권은 불러 낸 노옴의 기억에서 홍세창이 멋있다고 했던 수화가 어떤 것인지 알 수 있었다.

'대통령경호실 특유의 수화인 모양이군.'

조금 더 거슬러 올라가자 골프웨어를 입고 있는 22~23살가량의 젊은 녀석이 캐디를 강간하고 있었다.

'서원명의 아들인 서효석. 저 빌어먹을 새끼 때문에 저 사단이 난 게로군. 하기야 그랬으니 대통령경호원들이 사건을 수습하는 거겠지만. 제기랄.'

강권은 자신이 너무 미래를 낙관한 것에 대해서 후회를 했다.

그래서 노옴에게 사건의 기억을 더 꼼꼼하게 재생하게 했다.

대통령경호실 요원이 출동한 경찰에게 뭐라고 하자 경찰이 나서서 두 학생들에게 총을 쏘는 것이 보였다.

그런데 웃긴 것이 112 신고로 받고 출동한 경찰의 계급이 일선 경찰서 장급인 총경이었다는 것이다.

총경이 직접 나섰고, 대학생들에게 총질을 해 가면서 뭔가 꾀하려고 했다면 보통 일은 아니라는 생각이 들었다.

강권은 이상호 총경이 여자 팬티를 새로 사 와서까지 학생들이 캐디를 강간했다는 증거를 조작하고 있는 것을 보았다.

이상호 총경은 캐디의 체액을 팬티에 묻혀 총에 맞고 숨을 헐떡거리는 학생들의 사타구니에 썩썩 문지르는 것으로 강간 용의자로 만들어 버린 것이다.

"이런 개 백정 놈 같으니라고. 다른 사람은 몰라도 네 녀석만큼은 반드시 천벌을 받게 해주겠다."

강간을 당하는 것도 모자라 대학생들이 총에 맞아 죽는 것을 보고 넋이 빠져 있는 캐디의 음부에서 체액을 묻히는 것은 인간 백정이 아니고는 감히 할 수 없는 일이었다.

이런 일을 한두 번 처리했던 인물이 아니라는 소리였다.

'저 이상호라는 뱀 같은 새끼는 어떤 새끼이기에 저렇게 치밀하게 일을 처리 하나?'

이상호 총경의 치밀함에 고개를 젓다가 문득 캐디가 입고 있던 팬티가 태워지고 있는 것을 보았다.

"이런 어떻게 해. 그렇다면 제대로 된 증거는 없을 것 아냐?"

결국 강권은 사건이 어떻게 벌어지고 어떻게 조작되었다는 것을 아는데 그것을 설명할 증거는 없었다.

"최 이사님, 이상호 총경이라니 그게 무슨 말씀이십

니까?"

"이 변호사님, 혹시 이상호 총경에 대해서 아십니까? 그자는 오른쪽 볼에 커다란 사마귀가 있던데요."

강권의 말에 한참 생각을 하던 이경복 변호사는 문득 떠오르는 인물이 있는지 안색을 굳히며 말했다.

"총경이라면 일선 경찰서장이나 본청의 과장급입니다. 오른쪽 볼에 사마귀가 있는 자로 총경급의 인물 중에 문득 생각나는 인물은…… 옛날 ***사직동팀에서 경정으로 있던 자입니다. 제가 아는 인물이 맞는다면 이상호라는 인물은 그 악명 높은 사직동팀의 마지막을 함께 한 인물이었을 것입니다. 사직한 걸로 알고 있었는데 총경이라면 최근에 복직을 한 모양이군요."

"이 변호사님이 사직을 한 후에 복직이 되었다는 말이겠지요?"

"예, 그런 것 같습니다."

강권은 이경복의 도움을 얻어 땅의 기억으로 본 인물들의 몽타주를 작성했다. 그 몽타주 속의 인물들을 수배하다 캐디를 강간한 녀석이 차기 대통령이 유력한 서원명의 자식이라는 것을 알게 되었지만 서효석은 이미 출국한 뒤였다.

'서효석이 원명의 자식이니 대통령경호실의 경호를 받

을 수 있었겠지. 그런데 112 신고를 받자마자 어떻게 이상호가 올 수 있었을까?'

가능성이 있는 것이라면 강희복이 서원명의 자식인 서효석의 평소 행실이 어떻다는 것을 알고 서효석 근처에 이상호를 심어 두었다는 것밖에는 달리 설명할 수 없었다.

'강희복 그 자식이 서원명의 약점을 잡고 타협을 하겠다는 모양이로구나.'

강권은 자신의 영달을 위해서 사람의 인권 따위는 우습게 아는 그들에게 천벌이 뭐라는 것을 알려 주고 싶었다.

"이 자식아, 너는 어떻게 된 녀석이기에 좀 마음에 들었다 하면 강간이야?"

"아버지, 그게 아니라……."

"이 원수 같은 녀석아, 그게 아니긴 뭐가 그게 아냐? 니가 중학교 다닐 때부터 지금까지 한두 번이야? 차라리 죽어라 죽어."

서원명은 서효석이 자신의 대권에 걸림돌이 되고 있다는 생각에 분을 참지 못하고 재떨이를 집어던졌다.

재떨이는 그대로 서효석의 이마에 비껴 맞고 바닥에

떨어지며 산산조각이 났다. 서효석의 이마는 찢어져서 피가 주르륵 흘러내리는 것을 본 김정례 여사는 기겁을 하고 서효석의 앞을 가로막으며 서원명에게 악다구니를 했다.

"아니, 여보. 그깟 여자 하나 취했다고 하나뿐인 아들을 이렇게 만들어요? 그깟 여자야 합의를 보면 될 것 아니에요?"

"이 철없는 여편네야, 그렇게 단순하면 내가 왜 이렇게 화를 내겠어? 일이 잘못돼서 매스컴에라도 타는 날에는 우리는 그대로 매장된다고. 알기나 알아?"

"뭐라고요? 이 철없는 여편네라고요? 당신이 누구 때문에 이 자리까지 오게 된 줄 몰라서 하는 말이에요? 겨우 사시 합격한 것을 우리 아버지 돈으로 지위와 명예를 만들어 준 것이잖아요. 또 우리 아버지가 지역구를 물려주지 않았다면 당신이 국회의원이나 했을 줄 알아요? 그런데 나더러 철없는 여편네라고요?"

"당신이 저 자식을 그렇게 감싸고 도니까 저 녀석이 중학교 다닐 때부터 학생이고 선생이고 마음이 내키기만 하면 강간을 했었던 거 아냐?"

"뭐라고요? 나 때문이라고요? 당신 의원 자리를 지켜주려고 그랬다는 것을 모르고 하는 소리예요?"

"됐어, 그만해. 그게 중요한 게 아니잖아? 효석이 녀석은 토론토에 있는 이모 집에 당분간 있게 해. 알았지?"

서원명은 더 이상 얘기가 안 된다고 생각을 했는지 퉁명스럽게 말하고는 서재로 들어가 버렸다.

서재에 들어 온 서원명은 강희복의 말이 자꾸 마음에 걸렸다.

'아무래도 그 건방진 자식을 손봐주어야겠군.'

서원명의 생각하고 있는 한 수는 용천사(龍忏社)라는 조직이었다. 용천사는 다국적 킬러들의 모임이었다. 서원명이 그들의 움직임을 알게 된 것은 여당인 한겨레당 대선주자가 된 이후였다.

그들의 움직임은 국정원 대외협력국에서 포착을 하고 있었는데 국정원 대외협력국이 여당 대선주자인 서원명에게 각종 자료를 제공하는 과정에서 용천사의 자료도 휩쓸려 넘어갔던 것이다.

그런데 국정원도 용천사를 제대로 파악하지 못한 것이 그들은 단순히 다국적 킬러들의 모임이 아니라 중국 산업 스파이들의 한 분파라는 것이었다. 또한 부러 국정원에 자기들의 정보를 흘렸던 것이다.

종로구 효자동에 위치한 주한 중국대사관의 모처에서

심량휘 대사부 연락부장의 주재로 한창 회의가 벌어지고 있었다.

심량휘 대사부 연락부장은 중국 첩보기관인 MSS(중국 국가안전부)의 한국지부장이었다.

"상부에서 대한민국의 조폭을 통일한 자가 누구인지 파악해서 보고하라고 한 지시는 어떻게 처리되었는가?"

"심 부장, 강희복의 말에 따르면 최강권이라는 어린 녀석이오. 그깟 녀석이 뭐가 두렵다고 본부에서는 그렇게 긴장을 하는지 모르겠소."

심량휘 부장의 말에 토를 달자 심량휘 연락부장의 우측에 앉은 사람이 그를 공박했다.

"치양맹, 자네에게 묻지. 남산 영사부에 들어왔던 자를 잡았는가? 큰소리를 떵떵 쳤으면서 아직까지 잡지 못하지 않았는가? 아무리 생각을 해도 그 녀석의 무위는 최소한 우리들보다 한두 수 위였던 것 같아. 그런데 지금 우리가 파악하고 있는 자들 중에는 그런 자들이 없단 말일세. 본부에서 걱정하고 있는 것은 바로 그 점이야. 개미구멍 하나로 둑이 무너진다는 소릴 못 들었나? 여긴 엄연히 남의 나라 땅이니 최대한 조심하도록 해야 하지 않겠나?"

"사복평, 당신 말도 일리는 있어. 하지만 생각만 하고 일을 벌이지 않으면 되는 일도 없어. 강희복이가 우리에게 접근해서 정보를 공유하자고 했고, 앞으로 대한민국의 대통령이 될 서원명이는 강희복을 제거해 달라는 청부를 했어. 그 증거들을 우리가 갖고 있는 한 대한민국에서 우리들의 행동을 제약하는 세력은 없을 것이야."

"치양맹, 그래서 당신이 멍청하다는 거야. 강희복이가 정보를 공유하자는 소리를 직접했나? 또 강희복이를 죽여 달라고 청부한 사람이 서원명이라고 증명할 수 있겠나? 그들이 하지 않았다고 빼고 우기면 탄압이 되고 정치 보복이 되어 버리네. 그러니까 치양맹 당신은 본부에서 지시를 한 것만 잘 처리하면 되네."

치양맹과 사복평의 다툼이 격화되려 하자 심량휘가 나서서 제지를 했다.

"그만, 그만하시오. 조선 땅에 우리 두 무력의 중추는 용천사와 백호대요. 용천사는 암살에 있어 타의 추종을 불허한다면 백호대는 정보 수집에 있어서는 최고인 셈이오. 그런데 두 조직의 수장이 화합을 하지 못하고 계속 다투기만 한다면 MSS 조선 지부의 미래가 어떨 것 같소? 내 앞에서 다시 한 번 다툰다면 상부에 그대로 보고를 하겠소. 알겠소?"

"예."

"예. 알겠습니다. 심 부장님."

우리나라에서 암약하고 있는 중국 산업스파이들은 크게

세 부류로 나눌 수 있었다. 정보를 캐는 취지단(取知團), 이것은 사복평의 지휘를 받는 백호대라는 다른 이름이 있었다. 취지단의 흔적들을 지우는 멸종단(滅從團), 이것이 바로 치양맹의 지휘를 받는 용천사였다. 그리고 나머지는 취지단을 도와주고 보호하는 호천단(護天團)이었다.

각각의 전력으로는 용천사가 가장 위였지만 용천사는 예로부터 천대받는 부류인 살수가 주력이어서 호천단이 취지단의 편을 들었다. 그리고 그로 인해서 어느 정도 전력의 균형이 맞은 두 편이 서로 갈등을 빚게 되는 원인으로 작용을 하게 되었다.

심량휘는 치양맹과 사복평의 다툼이 걸렸지만 상부에서 내려온 지시를 이행하는 것이 더 급했기 때문에 한숨을 쉬고 상부의 지시를 전달했다.

"치양맹 부장, 당신은 용천사의 모든 가용 인력을 동원해서 조선 조폭을 통일한 인물을 죽이시오. 알겠소?"

"예, 알았소."

"사복평 부장, 당신은 백호대의 모든 가용 인력을 총동원해서 미림의 모든 정보를 입수하고 설비들을 파괴시키도록 하시오. 조선은 이제 곧 대선 기간에 접어들 것이니 그것을 최대한 이용하도록 하시오."

"예, 알겠습니다. 그런데 서원명이 강희복을 암살해 달라는 것은 어떻게 처리하는 게 좋겠습니까?"

"그건 내가 알아서 처리할 테니 사복평 부장은 본부에서 내린 명령이나 이행하시오."

"예, 알겠습니다. 심 부장님."

캐디를 강간하려다 경찰의 발포에 의해서 사망한 용인 대생 안병욱 군과 홍세창 군의 이른바 캐디 강간 사건은 이경복 변호사가 기자회견을 자청해 그들의 무죄를 주장했다. 이경복 변호사는 몇 가지 의문점을 제시해서 단순 강간 사건으로 끝날 사건이 나라에 엄청난 파장을 일으킬 시국 사건이라고 주장했다.

첫째, 대통령경호실 소속의 일부 요원들이 사건 현장에 있었다는 점이었다. 대통령경호실에서는 당일 대통령경호실에서 코리아 CC로 경호업무를 나간 사실을 밝히라는 것이었다.

둘째, 사망한 안병욱 군이 112에 강간 신고를 했는데 신고를 받고 현장에 도착한 사람이 이상호 총경인 이유가 무엇인지 밝히라는 것이었다. 또한 안병욱 군과 홍세창 군을 사망으로 이끈 총탄의 탄흔을 밝히고 누구 총인지를 밝히라는 것이었다.

셋째, 안병욱 군과 홍세창 군을 파렴치범으로 몬 증거

를 누가 조작했는지 밝히라는 것이었다. 이경복 변호사는 경찰이 강간의 증거로 삼았던 캐디와 안병욱, 홍세창의 체액이 붙었던 팬티를 캐디가 한 번도 입지 않았던 팬티라고 주장했다.

그런데 이런 이경복의 주장은 청와대와 경찰의 반박에 실효성을 의심받게 되었다.

우선 청와대에서는 이경복의 주장에 즉각 반박 성명을 발표하고 전혀 그런 사실이 없다고 했다.

그리고 이상호 총경이 업무차 근처에 있다가 112지령에 따라서 출동한 것뿐이라고 했다. 이로서 탄흔 검사에서 안병욱 군과 홍세창 군을 죽인 이상호 총경의 행위는 당연한 것으로 밝혀졌다.

또 팬티 문제 역시 당사자인 캐디가 자기 팬티가 맞다는 기자회견을 했고, 자기를 가만두라고 눈물로 호소했다.

결국 이경복의 주장은 아무런 실효성을 갖지 못했고 도리어 이상호 총경으로부터 명예훼손죄로 고소를 당하기에 이르렀다.

강권은 골치가 아팠지만 자신이 미리 알고 있던 미래와 현실의 괴리를 결국 인정하지 않을 수 없었다.

'젠장, 그럼 우리나라가 세계에서 제일 강대국이 되는

게 아니란 것인가? 불과 얼마 전까지 아무런 조짐이 없었 잖아? 도대체 왜 이렇게 바뀌게 된 거지?'

강권은 이 모든 게 자신이 너무 안일하게 행동한 결과 처럼 느껴져서 뼈저리게 후회를 하지 않을 수 없었다.

강권은 가부좌를 틀고 앉아 천기가 바뀌게 된 원인을 살피기 시작했다.

하루가 지나고, 이틀이 지나고 무려 3일이 지났을 무렵 강권은 천기가 바뀐 원인을 어렴풋이 알 수 있게 되었다. 그 원인은 뜻밖에도 어느 순간부터 마황곡(魔皇谷)으로 유입되는 이계의 마나 때문인 것 같았다.

아니 확실했다. 명학이란 녀석이 이계와 지구를 왔다 갔다 하면서 벌였던 어떤 수작 때문에 이계의 마나가 지 구로 유입이 되고 있었던 것이다.

기체든, 액체든 밀도가 높은 곳에서 낮은 곳으로 혼입 이 이루어지고 밀도가 낮은 곳에서 급격하게 섞이게 된다. 이렇게 볼 때 지구상의 급격한 기후변동 또한 이계의 마 나 유입과 무관하지 않았다.

'어쩌면 지구상에 돼지머리를 한 오크와 개 대가리를 한 놀, 늑대로 변하는 라이칸 슬로프, 악어 인간 등등의 잡것들이 설칠 수도 있겠네?'

단시일 내에 그렇게 바뀌지는 않겠지만 어느 정도의 세 월이 변한다면 분명 그렇게 될 것이다.

'제기랄, 저걸 어쩐다?'

이계로 통하는 디멘션 게이트인 마황곡을 틀어막지 않는다면 앞으로 어떻게 변할지 아무도 장담할 수 없게 될 것이다.

강권은 다시 명상에 들어 마황곡을 틀어막을 방도를 고민하기 시작했다.

"자오철추(子午鐵鎚) 대라만상(大羅萬象) 무변진(無變陳) 밖에는 답이 없겠군."

천살문에 내려오는 최고의 진법이었다. 마황곡을 금지로 만들었던 조사가 마황곡에 설치했던 진법이기도 했다. 강권은 자신이 설치할 수 있을 것도 같았다. 희망이 보였다.

"좋다. 앞으로 바뀌는 건 없을 것이다. 내가 무슨 짓을 해서든 그렇게 만들 테니까."

강권은 만면에 미소를 띠며 스스로에게 이렇게 다짐했다.

---

*용무도(龍武道):용인대학교 무도연구소를 중심으로 무도 대학 내 5개 학과 교수들이 4년 동안 전공 분야 기술을 접목해 만든 종합 무술로 태권도, 합기도, 씨름, 검도, 유도 등 기존 무술 및 호신술의 장점만을 취해 만든 실전 무술이다.

특히 호신술에 적합한 실전 무술을 지향한다.

**도의상마(道義相磨) 욕이위인(欲而爲人):도의를 갈고 닦아 사회에 이바지할 수 있는 사람이 되자는 의미.

***사직동팀:주로 고위 공직자와 대통령 친·인척 관리 및 첩보 수집 기능을 담당해 왔으며 2000년 10월 김대중 대통령의 지시로 해체된 조직으로, 공식 명칭은 '경찰청 형사국 조사과'이지만 종로구 사직동 안가에서 은밀히 작업을 했다고 해서 '사직동팀'으로 불렸다.

〈『더 리더』 3권에서 계속〉

the 리더

1판 1쇄 찍음 2011년 7월 1일
1판 1쇄 펴냄 2011년 7월 5일.

지은이 | 희 배
펴낸이 | 정 필
펴낸곳 | 도서출판 **뿔미디어**

기획 | 이주현, 문정흠, 손수화
편집책임 | 조주영
편집 | 이재권, 심재영, 주종숙, 이진선
관리, 영업 | 김기환, 김미영

출판등록 | 2002년 9월 11일 (제1081-1-132호)
주소 | 부천시 원미구 상3동 533-3 아트프라자 503호 (우)420-861
전화 | 032)651-6513 / 팩스 032)651-6094
E-mail | BBULMEDIA@paran.com
홈페이지 | www.bbulmedia.com

값 8,000원

ISBN 978-89-6639-167-7 04810
ISBN 978-89-6639-165-3 04810 (세트)